U0137314

后浪出版公司

孤独的价值

孤独の価値

［日］ 森博嗣 著
MORI Hiroshi

刘淼淼 译

漓江出版社
·桂林·

前　言

隐居还是孤独

我的责任编辑拜托我写一下我现在的隐居生活，于是我将由此展开的思考汇集成册，写成了本书。关于这个话题，我思考了大约半年（当然，我并不是一直在思考，充其量一天想起这个问题一次罢了）。

而后他表示："您现在的生活与所谓的隐居生活还是稍微有些区别吧？您这种生活方式应该如何命名呢？感觉像是对孤独的研究？"我们并未面对面讨论，全部的交流都是通过邮件进行的。

在讨论如何命名的那段时间里，这种谈话格外专业而高效。这样直白的表达简明易懂，深得我心。我比较喜欢这种方式。证据是，我不由得思考了五分钟，想着有没有什么合适的名称可以用。但这次思考并没有结果，究其原因，我想也许是我对现在的生活尚没有明确的认识。

我并不认为我对孤独进行过研究，也从未使用过"隐居"一词（虽然这个词我有所耳闻）。我真的是在过一种隐居生活吗？

有时，我会隐隐约约地感受到自己正在隐居。例如，我每天基本都是自由的，无拘无束，可以一天接一天地玩乐。我二三十岁时当然也在拼命工作，四十多岁时也还在不情不愿地工作。而我从那种生活中解放出来后，就无疑是在隐居了。在那之后，大约在五年前，我把家搬到了很偏僻的地方，也不公开住址，连编辑都不见，这毫无疑问是可以用"隐遁"来形容的状态了。因此，我果然还是在隐遁，或者说在过一种隐居生活。

举个例子，在两年半以前，因为要与人会面而去过一趟东京，自此以后我就再也没有乘坐过电车这种公共交通工具了。我向来不会主动前往人群聚集之地，然而以前即便我再怎么喜欢独处，碍于世俗的条条框框和因工作而不得不社交的情况也不在少数。而与这些"应该"和"不得不"一刀两断的那一刻，正是我现在这种生活的起始。

我也许是个隐士

我之所以能这样生活，是因为我有即使不与人见面也不影响生活的基础条件。所以，我明白，这并不是能轻轻松松地向普通人推荐说"感觉不错，你也试试吧"的事。虽然我也在年轻人中见过对我现在这种生活满怀憧憬的独特之人，但我走到这一步已经花了几十年，而且我丝毫不认为现在处于最佳状态，也不觉得实现了我所追求的人生目标。虽然（对我来说）现在的生活环境感觉比以前多多少少有所改善，但在普通人中，能做出这种判断的应该还是少数。我无非就是赚了点儿小钱后搬家到乡下享受生活罢了，从旁人客观的角度看来，也许像是隐士一般。

但是，我本就对社会和旁人的看法不甚在意。我也不知道自己为什么会有这样的人生态度，也许一半源于父母，另一半源于从经历过的那些孤独中滋长的价值观。

每个人都在为自己的选择负责

进一步说，人们要做自己喜欢做的事，成为自己想要成为的人，沿着自己选择的道路前进，这种观念是根植于我内心的。虽然有许多人满腹牢骚，但如果仔细观察就会发现，任何人在任何遇到选择的时刻，都会做出对自己有利的选择。想偷懒就选择偷懒，想浪费就选择浪费，所以，所有人都在按照自己的意愿支配自己的人生。我也是按照自己认为不错的方式生活到现在，我想其他人应该也一样，都在按照自己的意愿生活着。

当然，这世上也有非人力可控的事态，比如突然下起雨来淋湿了衣服，或突然冲出个陌生人举着刀扑来。遭遇意外灾害或事故、疾病或伤害的人也不在少数，更有甚者，一出生身体就有缺陷。但是，即使把这些上天注定的部分纳入考虑，在人们能够自行做出选择的范围里进行选择，这些选择也都是每个人的自由，也应该都是由自己的意志决定的。

如果有人觉得自己的人生并不如自己所愿，那是因为他们期盼的是能够改变命运的事物，他们追寻的梦想并不存在于他们的选项里。这就是我的解读。如果能像我这样思考，你就不会无端羡慕他人，而是能够更加专注于研究自己眼前能够选择的道路。这样你最终就能意识到，无论别人怎么想，都是无所谓的。

孤独就一定悲惨吗

关于这一点，你可能会说，处于孤独的状态就意味着会感受到孤独。我自身的情况是否属于孤独，我也不知道。也许孤独是一种比我想象中更悲惨的状况，而且每个人对孤独的理解当然是不一样的。

只不过，因为我只能根据我自己对孤独的体验来思考这一问题，所以我仅能从我自己的认识出发来描写孤独。我在本书中想表达的观点是，孤独并没有那么悲惨。别说悲惨了，我甚至认为孤独有着无法舍弃的价值。我会尽我所能把这些内容写得通俗易懂。我之所以要这样做，是因为现在的年轻人或者说青少年之中，有一些人在为孤独所苦，不堪其扰甚至濒临崩溃。但事实是否如此，我没有做过调查，我只是看到过一些相关新闻。还有一些成年人自杀的案例被解读为"孤独所致"。在我认识的人中，有十多位因自杀而亡，但是不是因为孤独则不得而知。如何能得知自杀的人是因孤独而死呢？这同样是我想知道的一点。

孤独是什么

孤独到底是什么呢？

它是一种能够蚕食人们的心灵，甚至能够逼迫人寻死的东西吗？

我想一边写这本书，一边寻找这个问题的答案。也许最终没法得到一个简单、明确的答案，这本书里也没有像特效药一样能将人从孤独中解救出来的方法。况且，我的观点本来就是"不摆脱孤独也没关系"。

还有一点我要事先声明。我想，了解我的人大概是不会误解的，但肯定也有一些不知笔者是何人的读者拿到这本书，所以有些话我必须在一开始说明。

我并非心理学或社会学专家，在这些方面完全是个门外汉。我并没有在大学里正式地学习过这些知识，甚至可以说对其一无所知。我曾在大学里执教，但研究的是理科。虽然我指导过大学生，但我跟年幼的孩子相处的经历仅限于和我自己的子女的。因此，本书中所写的内容，完全没有统计性质的调查作为基础，仅仅是我个人的观察和思考。到目前为止，我写过的书都是如此。虽然我酷爱读书，每日手不释卷，但本书也并非受到某本特定书的影响而作。因此，我也完全不打算引用他人的文字（基本上，我在小说以外几乎都不会做任何引用）。

也就是说，本书仅仅是邀请您阅读一个普通人的思考试验的结果。请在阅读后务必自行思考，构建起自己的理念。

人生在世，钱财没有那么要紧，同伴也并不是必要的，孤身一人也是能生活下去的。但是，如果想过有意义的人生，那么只有一样东西不可或缺，那就是自己的思想。

目　录

第一章　为何孤独令人寂寞

孤独的定义　/ 003

感到孤独的条件　/ 004

为何感到孤独　/ 007

孤独产生的条件　/ 009

失去的是什么　/ 010

我们为何看不起孤独　/ 014

对他人认可的需要　/ 016

通过做"好孩子"来反抗　/ 017

制造孤独的是自己　/ 019

霸凌的基础是伙伴意识　/ 021

让自己获得认可的手段　/ 023

"好孩子"也各不相同　/ 025

饮酒的孤独　/ 027

幻想破灭导致的孤独　/ 029

第二章　为何不可以感到孤独

孤独的复杂原因　/ 033

害怕孤独的理由　/ 034

孤独的价值　/ 036

被灌输的不安　/ 038

铅字的虚构　/ 040

为快乐做好准备　/ 042

用正弦曲线思考　/ 044

影响感情的是变化率　/ 047

根源是生与死　/ 050

为了让自己获得自由　/ 051

缺乏思考才会感到孤独　/ 053

制造廉价感动，培养消费群体　/ 056

对孩子说的不负责任的漂亮话　/ 058

对年轻人说的不负责任的漂亮话　/ 061

如今感动已沦为商品　/ 064

第三章　孤独是人类的必需品

越来越容易实现的独身生活　/ 069

我几乎不与人见面的生活　/ 070

对个人主义的相斥反应　/ 073

凌驾于和平之上的个人主义　/ 076

能让少数群体生存的社会　/ 077

"饥饿精神"　/ 079

是恐孤独派，还是爱孤独派　/ 080

一切都源于个体的创想　/ 081

孤独中的产物　/ 084

学校这一集体　/ 086

学校是个令人开心的地方吗　/ 088

对快乐家庭氛围的幻想　/ 090

人生如荡秋千　/ 093

正因在爱中，才感到孤独　/ 095

将孤独变为美的方法　/ 097

为孤独节食　/ 099

第四章　孤独中诞生的美

人类工作的变迁　/ 105

侘寂的文化　/ 108

发现美的意识 / 110

在成熟与洗练中诞生的美 / 112

从肉体到精神 / 114

聚集与联系的虚无 / 116

孤独与苦恼的价值 / 119

第五章　接纳孤独的方法

试试写诗 / 123

寻找逃生之路 / 125

孤独是奢侈的吗 / 127

试试做研究吧 / 128

做一些徒劳之事 / 130

唯有人类可到达的境界 / 131

孤独帮你获得自由 / 132

被纽带束缚着的现代人 / 134

无意识地寻求孤独 / 136

在心中描绘自由 / 138

后 记

在丰裕的物质条件下　/ 141

成人过程的推迟　/ 143

人口过多　/ 144

优质的孤独　/ 145

孤独的试验　/ 146

孤独可以使人变温柔　/ 147

写在最后　/ 149

第一章

为何孤独令人寂寞

孤独的定义

我听说许多人都害怕孤独，而这种恐惧在儿童和青少年身上尤为常见。我曾很多次遇到极力阐述这种观点的人或书。但在我实际见到并交流过的人中，为孤独所苦的人寥寥无几；即便有，程度也非常轻微。我不知道关于这个问题的整体、平均数据如何，但在我询问过的范围里，在被问到为什么孤独那么可怕的时候，大部分人的回答是，因为孤独时会感到寂寞。

"孤独是一种寂寞的感觉"似乎称得上一种普遍认知，而诸如"孤独是快乐的""孤独是有趣的"等思考方向，即便存在，也并不常见。

假如要思考为什么孤独是寂寞的，在那之前，我们还需要给孤独本身大致下个定义。

人们会用孤独来描述什么样的状态呢？这或许也因人而异且差距很大。有的人会说，没有朋友的人会感到孤独；也有的人会说，和同伴在一起时会感到孤独。这两种感觉似乎完全是对立的，但从我个人的角度看，我认为后者更接近孤独的定义。也就是说，人们感受到孤独的时候，一定是因为存在着某个无法忽视的"他者"。

"没有朋友"这种描述也有很多含义。是从最初便没有任何可以称之为朋友的人，还是过去有朋友后来却失去了，这二者可是大不相同的。而朋友从有到无的这种情形，也分为朋友纷纷离世，仅留自己孤单一人，以及与朋友发生争执，朋友离自己而去等不同情况。

感到孤独的条件

如果一个人在出生后就没有见过其他人，在这种特殊境遇下，朋友不可能存在。如果根本不存在自己以外的其他人，那么就连"朋友"这个概念都无法认知。只要不接触书等媒介，"朋友"一词的含义都不会存在。让我们想象一下，在这种情况下，人们还能感受到孤独吗？

恐怕那个从呱呱坠地到长大成人的过程中始终孤身一人的人（不排除有家人的情况），由于从来没有感受过拥有朋友的感觉，应该也不会对没有朋友的状况感到寂寞。如果有了解外界的机会（通过书或电视），那么这个人也许会对那种快乐的氛围感到憧憬。然而，那种憧憬完全是字面意义上的，仅仅意味着他／她不加分辨地接受了那些信息，得出了拥有朋友是一件极美好的事的结论。但这也不至于将自己的境遇与之对比，再得出自己的情形是多么悲惨的结论。就好比小时候读过绘本《月球旅行》后，我们不至于因为现在自己没能站在月球上而感到遗憾，只是会觉得能去月球旅行非常美好，拥有希望将来能站在月球上的梦想罢了。换言之，我认为，即使抱有某些希冀，觉得拥有朋友很好，朋友多似乎会很快乐等，也不会因为现在自己没有朋友而感到孤独或寂寞。

把朋友换成家人也是如此。一个人就算从出生起便没有父亲，也不会感到多么深重的孤独。（周围人的"一定很孤独吧"的嘘寒问暖反而更令人感到孤独。）

但是，我感觉母亲稍有不同。因为人类存在着本能，也怀有一种想要从一个类似母亲的人或物那里获得爱的自然欲求。这一点我也在人类以外的动物身上看到过，例如把第一眼见到的个体当作母亲的行为。基本上任何一种动物在年幼时，从外表看都是无害的，且长相看起来也较为可爱（即能使观者对幼崽的外表产生"可爱"的印象）。正如有"母性本能"一词，应该也有寻求母亲的本能（不知是否有术语）。哺乳动物因为需要从母亲那里获得乳汁，这种本能更接近生存本能。如果失去了母亲，那么所感觉到的可能不仅仅是"寂寞"或"悲伤"，而是看得见自己生命终点的"恐怖"了。

如上所述，稍作一番思考便可得知，人们感受到孤独或寂寞，并不仅仅是因为没有同伴这种孤立事件，前提条件是在那之前对同伴的温暖和与朋友相交的乐趣等有所认识。更通俗地说，孤独体现的是与此前并不孤独的状态的落差。

因没有朋友而感到寂寞，是在了解与朋友一起度过的时光非常快乐后，在得知无法重温那些时光时产生的情绪。也许可以说孤独本身表达的就是那种变化。不过，我们似乎有必要把属于本能的东西排除在外。刚刚出生的婴儿因渴求母乳而哭闹，似乎也算孤独的一种，但和现在讨论的孤独截然不同，还是区分开为好。

为何感到孤独

那么，为什么失去同伴会令人感到孤独呢？

与同伴走散，就意味着生存遇到了危机，孤独也许就是为了让人接收到这种感觉而产生的负面情绪。如果这是一种基本的生存机制，那么它应该是根植于集体行动这种本能中的。但在现代社会中，落单即会陷入生存危机的情况几乎不复存在。只要不是儿童，一个人即使被周围的人们抛弃，就算生存条件不佳，至少也是能生存下去的。如今的社会已经实现了这一点。但是，生存危机能够催生孤独这一效果也许并未消失。总而言之，即使这是杞人忧天，我们也确确实实在使自己痛苦。一个人在儿童时期被同伴欺凌，就可能产生类似生存危机的感受，即使日后长大成人，那些经历引发的感情仍然残留在心里。

进一步说，如果把孤独定义为在失去原本的朋友时产生的感受，那么我还能想起一个无法适用于这一定义的例子。我写过，如果完全不知道世上有朋友这一概念，我们就无从感知孤独；我还写过，在书中或电视里见到的场景只能成为憧憬。不过，即使是想象中的经历，只要那是自己身边其他同龄人的行为，通过移情作用，真实性就会被放大。说不定就会出现将电视剧的剧情当成真实世界的去相信的孩子。换言之，一份经历的真实性其实是因人而异的，而且会有很大不同。

是不是也存在幻想着自己就是某人朋友的情况呢？对方对这种想法全然不知，自己却一厢情愿地深信两个人是朋友——这种情况在孩子身上并不少见，也并不特殊。在当事人心中，这种假想无限接近现实。这样一来，这种情况也需要考虑。

孤独这种感情，是一种被失去引发的遗憾。如果失去的恰好是亲密的人际关系，那么当事人就会陷入孤独。

失去会令人感到孤独这一情绪产生的根源也是生存危机。但是现在，已经没有人会从那么根本的地方开始思考这个问题了，而只是将失去了自己的所有物或时间而产生的失落感当成孤独和悲伤产生的主因。因此，失去的东西相对越容易重新取回，受到的打击越小；我们越明白再也不会重新获得某种东西，精神上受到的冲击就越大。

孤独产生的条件

但是话说回来，在失去某个特定的事物时，我们即使会对失去的事物、人、时间等具体对象感到惋惜和悲伤，也并不会立刻产生寂寞和孤独的情绪，而是仅仅会受到一些冲击，产生感情起伏而已。

例如，由于意外事故突然失去了最爱的人，并不会令人立刻感到孤独，仅仅会使人受到冲击，被悲伤侵袭罢了。更多的人在那种冲击渐渐平息后，也就是回到接近日常生活的状态时，才会因突然回忆起或出于某种契机而感受到寂寞和孤独。

还有一点，寂寞和孤独会从失去的对象身上剥离开，作为抽象化的感情残留下来，即使对方已经远离了自己。例如，几种失落感叠加起来，就会引发一种更大的寂寞和更强烈的孤独感。当你开始感到"所有的一切都从我身边离去"，这种无边无际的失落感会变成更加难以摆脱的寂寞，即成为更为牢固的孤独感。

就算已经没有具体的对象，抽象的情感也会在内心累积，这种状态确实是非常痛苦的。但它已经无法被轻易驱散，甚至可以说成了这个人本质的一部分，长期占据其人格的中心。

随着年龄增长，这种寂寞和孤独感就会成为这个人的一部分，就如同脸上的皱纹，只见加深，不见消除。即使他／她不曾对别人提起，别人也总能从他／她的一言一行之中感知到，猜想他／她过去一定经历了些什么。能感知到这种感受是人类的共性，即使这种感受有程度上的差异，也有具体对象间的差异，但是从抽象上来说，能感受到的人之所以有这种能力，是因为自身也拥有类似的体验。

失去的是什么

那么，我们再思考一下那些失去的东西是什么。

如果让你想象一下与孤独相反的状态，你可能会想到身边有许多同伴、被亲密的朋友包围着、有深爱的对象、有可靠的人照顾自己的情况下那种快乐的感觉。当许多人聚集在一处，人们不知为何就会感到快乐。人头攒动的热闹场景，对很多人来说是会感到愉快的场合，比如聚会就是很好的例子。我们来思考一下为什么会这样。也就是说，人多的时候就会产生"热闹""欢聚一堂"等气氛的原因是什么？

首先，仅仅是周围有很多人这件事，就可以让人产生一种类似团体意识的感受。在这种情况下，我们会感到自己是"安全"的。这大概也是一种本能。人们聚集在都市中，在有人的地方多少都会感到安心，会感到比一人独处更温暖。

在日本和许多其他国家的乡下兜个风，只要在人们聚居的村落，我们就能立刻明白"聚居"二字体现的含义。他们明明可以利用更宽广的土地，相互间隔开更远的距离，但不知为何，家家户户都紧密地集中在狭小的范围里。虽然也有使用水源和道路更方便的原因，但在现代社会，这些外在条件几乎不会对人们形成束缚。可即便如此，人们还是会集中在住宅区这样一种地方，高级公寓也是如此。

我时常会想，就不能离邻居家远一些吗？在近得能听见邻居家声音的距离内吵吵闹闹地生活下去，实在是一种不可思议的景象。虽然地价确实高昂，现实中很难买到广阔的土地，但我认为，人们并不仅仅是迫于无奈才住得如此紧密的。

比如说，如果一座高级公寓里有很多房间无人居住，租客就不由得会心生警惕。能够把人少、安静看作优点的人是少数。大多数人应该会因为周围没有其他人而产生一种只有自己做了错误选择的感觉。

人类果然还是群居动物。正是因为存在这种自然天性，"热闹"这个概念才会产生；或者反过来说，寂寞的感觉才会存在。

恐怕很多人会觉得，这是理所当然的，所以又如何呢？

但是，在这里我想讨论的是这种被粗暴归结于本能的行为。我们究竟用"人就是这样一种生物"这种武断的认识束缚了多少人，让他们不得自由？有些人认为他们的想法就是这样的，无法改变。我并不是想反驳他们、否定他们的认识，我只是想问问他们，那真的是没办法的吗？人真不能跳出本能的桎梏吗？

人类社会之所以能够取得现在的成就，是因为比起本能，人类更加重视思考。"本能"一词也意味着欲望。相较不知出于什么原因无论如何都想做某件事，通过思考抑制住那种欲求才是人之所以为人的决定因素。现在的文明和文化，都不是我们任性妄为的结果，而是我们与周围的人勠力同心构筑的。而从个人角度来说，不囿于眼前，着眼于未来，一步一步向前推进，是只有人类才能拥有的生存方式。而这些都不是本能，反而是违反本能的行为。将其看作人之所以为人的价值所在，亦无不可。

如此说来，寻求在人群之中感觉到的热闹和在朋友身边感觉到的开心的这种欲求，也应该是可以通过思考抑制的。我打算在后文中论述这一点，但在这里先提出来，使其成为对"孤独"这一主题进行思考的基础。

仅仅是对孤独进行思考这一件事就已经不是本能了，是人类以外的动物都做不到的。人类的尊严就体现在对此进行思考的能力中。因此，在出于感性（本能）表示讨厌孤独、完全否定孤独之前，稍微对此思考一下的态度是非常重要的。对孤独进行思考，是一种即便仅止于思考也是具有价值的、人类特有的行为。更夸张些说，我认为对孤独进行思考既体现了作为人类生存的价值，又体现了今后生活的意义。

我们为何看不起孤独

那么，除了探讨孤独是一种本能的感受以外，我还想对人们认为寂寞和孤独感是一种不该存在的糟糕状态的理由做些深入挖掘。

厌恶孤独的本能感受是无法避免的，但与食欲这种跟生存息息相关的欲望比起来，它又不是那么强烈。在婴幼儿时期，我们的行为主要由本能支配，但随着我们逐渐懂事明理，开始独立思考，我们就会开始重视本能以外的，也就是通过经验进行的社会性判断。幼儿只要觉得不顺心意就会号啕大哭，但他们逐渐就会明白，有时即使大哭也没有任何用处。同样，人们也会逐渐发现，寂寞也好，孤独感也罢，并不是本能感受到的不利，即威胁到生存的危机感。那它们又是什么呢？

与同伴合作是一种美好品质。这种社会性的价值取向是很多人从孩童时期就开始接受的。上幼儿园后，我们周围就会有很多同龄的孩子，大家做同样的事情，以此来锻炼这种能力。这个年龄段的孩子接受的教育是，一盘散沙无法做成大事，无论多渺小的力量，只要团结一致就会有无限可能。

此外，要虚心听取他人的意见，遵守规则，与大家保持一致，不要自己任性妄为。这些都是成为一个"好孩子"的条件。

这一时期，我们受到的教育是，成为"好孩子"是有意义的。不得不说，这真的是不可思议。这种感觉，就连狗也能了解，但在其他动物身上恐怕都不存在这种情况。也就是说，摸摸头说"真是个好孩子"就成了褒奖，这在自然界中是很难见到的。而通常许多动物都是为了得到某种利益（食物或从危机中逃生）才做"好孩子"的。为了获得食物而表演才艺，为了不被鞭打才听从指令，这样的动物在马戏团里才能见到。

而幼儿园里的孩子并不是为了得到点心才做"好孩子"的。当然，人类的幼儿认为做"好孩子"有价值的时刻，就是被大人或周围的同伴认可为"好孩子"的时刻。在这时，重要的是自己获得认可的感觉，也许根源还是在于动物成群结队的本能。只是，这一事例还不足以说明问题。为何这样说呢？因为虽然群居动物有很多，但只要不是宠物，在自然界中就很难观察到这种"好孩子"倾向。也许在猿类身上也有，但遗憾的是我既没有养过猴子，也没有观察过猴群。

对他人认可的需要

当个"好孩子"就能感觉良好，是因为这种被自己周围的人（小社会）认可的状态对生存是有利的。虽然说是自己的存在被认可，但我们要的当然不仅仅是被认可，还有作为群体中的一员发挥作用或给人一种发挥作用的感觉，而不能被当成敌对者。

被认可的反面是被无视，这种想法在儿童中很常见。想获得认可的心情是压倒一切的，为了脱离被无视这种最糟糕的状态，他们会不择手段。一种极端情形是，叛逆期的青少年会通过做坏事来尝试获得认可。这种想法如果进一步失控，就会变成责怪这个世界无视自己、想要报复这个世界的心情，形成一种因为这世界不曾注意到我、我便以暴力回击的机制。

希望他人认可自己的欲求成了自己存在的基础。可以想象，在某些时刻，它甚至会成为全部。这种欲求有很多名称，包括"身份"和"自我"。仅从字面上看，这些名称听起来仿佛仅着眼于自己，仅在自己内心完成，但实际上并非如此，这里的自己是因为认识到他人的存在才存在的。

也就是说，出发点在于对其他人如何看待自己这一问题的想象。

通过做"好孩子"来反抗

如果周围有认可自己的人，我们就会进入一种有底气的状态。即使这种态度与事实上的生存毫无关系，也会让我们在精神上有所依靠。

"好孩子"并非从一开始就是被社会认可的好孩子，而是对固定对象而言的。很多情况下，这里的对象都是父母，在长大的过程中则会扩大到老师和朋友。如此一来，当有越来越多的对象认可一个人是"好孩子"，他／她就能够在这个社会上拥有自己的一席之地。

这与动物构筑巢穴非常类似：以某一点为立足点，逐渐扩展自己的地盘（势力），扩大自己能够影响的范围。我们常常被教育说，这样的行为是个体最出色的生存方式。而从利益角度来说，通过这种方法得到自己喜欢的东西的概率（期待值）也提升了。

似乎随着年龄的持续增长，直至人生已经过半时，这种想要成为"好孩子"的倾向会开始减弱。因为他们知道，即使不再继续那么努力地做所谓的"好孩子"，自己也是可以生存下去的。

　　这同样可以证明这种心理与生存危机相关。也就是说，我们在十几岁时尚不清楚"社会"一词的实质，也不清楚自己的可能性，只模糊地感到周围都是成年人，社会是个恐怖的地方。因此，我们会为了不违逆可怕的大人和可怕的社会而选择成为"好孩子"，并以此作为防御手段，同时内心会感到不安：如果不这样做，自己会不会被社会排斥？会不会损害自己的前途？

　　这些孩子中也有一些没能成为"好孩子"。他们为了从这种不安之中逃脱，就会在同样没能成为"好孩子"的群体里寻找自己的容身之处。一个人势单力薄，无法反抗，与同伴团结起来，就能够形成打游击式的抵抗，这也称得上是一种战略。即使没有成为一般社会认可的"好孩子"，他们也可以成为坏孩子群体里的"好孩子"。这看似是反抗，本质上还是一样的事情——察言观色，融入群体。

制造孤独的是自己

那么，现在我们再次对寂寞和孤独进行思考时，应该会比之前更靠近其本质了。也就是说，失去伙伴或朋友，实际上是失去了认可自己的人。所以，即使伙伴或者朋友仍然在身边（物理上的存在），在我们明确了对方不再认可自己的那一刻，我们同样失去了对方。

这种认知恐怕源于人类大脑特有的想象力。其他的动物只要有同伴、朋友、家人在身边就感到安心，然而一个人即使周围有许多人，如果知道那些人都不认可自己，他依然会感觉到寂寞，就好像失去了那些人一样。

在这里有一点很重要，那就是对他人不认可自己的这种判断是主观做出的。当然，如果对方明确地用语言表示"我不认可你"，这多多少少可以作为判断的客观依据。但即使是在这种情况下，要判断这种表示是否出自那个人的真心，仍然要依靠主观意识。

语言是人类特有的交流手段，也可以说是人类最鲜明的特征。无法通过语言交流，基本上等同于无法进行人类活动。但即便如此，我们也无法完全保证话语就能表达说话者的本意。人们既可能故意说谎，也可能说错话，或者一不留神无意中说了什么，还可能只是说了气话……类似的情况屡见不鲜。但是我们又很难通过语言以外的途径了解对方的心思。可以通过行动判断的，也只有气氛是好意的还是敌对的。

因此，对自己不被认可的判断大多出于主观，所以其实是主观上的寂寥感诱发了对自己身陷孤独的认识。在这种情况下，即使身处同伴之中，我们也会感到孤独，就好像在大城市这种有很多人的地方也会感到孤独一样。孤独究其根本，都是主观意识创造出来的。

当然，也有不能算作主观的情况。我们在长大成人之后，几乎不会遭受明显的伤害（因为会受到法律禁止），但在儿童时期却不同。孩子很可能会突然被同龄人施暴，对方也可能有自己的歪理，比如找碴说是受害者先用眼神挑衅等。在这种情况下，受害者被对方通过主观意识武断地判定为敌人，才遭受了对方的先行攻击。遭受这种身体上的伤害之后，无论是谁应该都能做出"我对他/她来说不是好孩子"的判断。总而言之，是不被喜爱，也就是不被认可的状态。这种情况也许可以说是接近客观了。

霸凌的基础是伙伴意识

我没有在大学以外的学校工作过的经历，所以我对霸凌的经验仅限于自己做学生的时候。在我们班里，确实有被霸凌的同学。在我那个年代，这种事并不罕见，甚至极为平常。什么样的孩子会被欺负呢？很多都是具有某种弱小属性的孩子。但他们之所以会受到同伴的霸凌，既不是因为他们太过老实，也不是因为他们身体弱或有缺陷。

我上的初中和高中都是男校，全是男生，所以时常会发生程度不轻的打架斗殴事件，被揍到流血都算是家常便饭，施暴者甚至不会被老师叫去谈话。施暴者一方似乎也知道太过分了不好收场，因此会一见血就停手。

打架前经常被挑衅的一方并不一定是有缺点的孩子，反倒可能是正义感过于强烈，或没能笑着给双方找台阶下的孩子。不近人情、一本正经的学生比较容易和人打起来。这些应该算是男生之间的普通冲突，还算不上霸凌的范畴。

我那时身材矮小、身体虚弱，还常常请假不上学。升上初中后，一个有些蛮横的同学突然无缘无故来掐我的脖子。那时，我用尽全身的力量反抗，他便喊着痛把手松开了。也许他感受到了我不会任人欺负，便没有再来欺负我。而在一次小测验后，他看到了我的试卷，惊讶地发现我的分数竟比他想象中要高。从那以后他就用相当友好的态度和我说话了。即使是孩子也在互相试探对方的"力量"，这或许是社会的缩影。

霸凌者应该是他们所属团体里的"好孩子"。他们是被这种团体中的气氛所支配才去实施霸凌的。受害者也很少孤身一人，而是经常会有同伴在近处看着。霸凌者就是要让受害者的同伴看到这种场面。

中学时，我加入了很多运动社团。一开始是剑道部。我在那里没有交到关系很好的朋友，因为感觉没空。之后我加入了郊游部，并在这个社团里坚持了很长时间，结交了几个同伴。但在运动社团里，社团活动主要是运动，所以我没有交友的闲情逸致。因为每每活动结束后我都感到筋疲力尽，没法与同伴交流，只想立刻回家。

上高中后，我也加入了运动以外的很多社团。我在电波科学研究部里待了三年。在这里，我可以自由使用为无线电爱好者提供的设备（当然，如果个人没有通过国家考试，这些也是不能操作的）；在这里，我也交到了能长久交往的朋友。由于我们可以交流专业话题，因此比起友情，这种关系更接近于信息互换。而这也更让我明白，我们只有拥有信息或者技能，才会被同伴认可。

让自己获得认可的手段

接下来我要说的内容，可能在社会上也是通用的。除了做"好孩子"以外，还有其他让周围的人认可自己的方法，那就是拥有某种别人不具有并对别人有用的东西。这种人不是"好孩子"，而是"有用的孩子"。

在现在这个年代，似乎连曾经受到鄙视的动漫爱好者都会在同伴中获得认可，连我都认识几个这样的人。他们中有的人乍看毫无魅力，但能画出令人惊叹的画作。这种才能让他们与"有用的孩子"又稍有不同，大概可以算是"厉害的孩子"吧。到了十几岁，当大家都以将来更顺利地迈入社会为目标时，这种"厉害的孩子"就会开始冒头。周围的人会认为他们具备令人刮目相看的才能，会因此认可他们。何况，这类人也并不需要在现实社会中拥有广泛的影响力——动漫爱好者只要在自己的群体里出类拔萃就够了。

我们在获得他人的认可、专业水平得到称赞后会感到心情愉悦，这体现了对自己的客观价值的关注。而我们也渐渐明白，他人对我们的评价并不是能由我们自己决定的，也就是说，仅仅自我满足是不够的。而且，比起被父母称赞，被非亲非故的外人称赞后我们会更喜悦，这是因为父母亲、外人疏，外人的评价更接近社会的一般评价。人们在无意识的情况下希望自己能够成为社会这个群体里获得称赞的对象，因为这切实地预示着自己能在社会中拥有一个令自己身心舒适的容身之处。

能够像这样因自己的过人之处而得以容身的人，至少不会陷入极致的孤独。只要确实有一处空间能够接纳自己，无论多小，它都可以提供立足之本。或者也可以说，这样的人应该不会完全切断与他人的关系。如何才能维持这种长处，如何才能发展这种长处，都是非常明确的。例如：有些学生的长处是成绩优异，那他们就会知道，只要埋头学习就能保住自己的容身之处；有些孩子的长处在于运动，那他们就会知道怎么做才能让自己的长处更突出。这样一来，这种对长处的看重对特定的人群来说，和人际关系无关，而属于更客观的评价，这一点是不言自明的。他们有可能因为进展不顺而陷入两难之境，但不会不知道该如何去做。

"好孩子"也各不相同

与上文的情况不同，反倒在"好孩子"的群体中，如果人际关系相对薄弱，某些时候很可能是不堪一击的。有些情况下，处于这种薄弱关系中的弱势"好孩子"仅仅是这些热闹的团体中的一员而已，他们作为特定独立个体的价值并不重要。另外，由于他们基本上只获得了周围几个人的欣赏，很难说这种"良好的人际关系"换个场所是否还能得以构建。

同样是"好孩子"，拥有强烈个性的那些人通常会具有某种普遍意义上的魅力，即使加入其他团体也能立刻融入，展露领袖气质。因此，他们也有可能去独立创造一个新团体。此时，那些在团体里仅仅是察言观色、随波逐流的相对弱势的"好孩子"，就需要面对自己并不是团体里不可或缺的一员这一结果了。如果他们仅仅将这种类似孽缘的关系当作救命稻草抓在手里，却又不像"有用的孩子"或"厉害的孩子"那样具有不可替代性，在经过一段时间或换了环境以后，就可能被干脆地踢出。

通常，就算已经被踢出团体，他们也不会收到明确的口头通知，而只会感觉同伴逐渐疏远了自己。当然，他们依然能见到同伴，与同伴沟通时也会得到回应，只是关系逐渐疏远了，被以各种理由拒绝的情况增加了。这种时候，他们可能就会感到寂寞和孤独了。

即便是动漫爱好者，对成为有用或厉害的人的追求也意味着他们在意周围人的观点。仅仅是让周围的人注意到自己，他们就可以摆脱孤独感。混在朋友堆里对他们来说并无必要，他们可以仅仅将培养自己的特长、磨炼自己的才能作为人生的意义，而这又可以使他们远离孤独。只要能让自己的长处更加突出就可以了。只要长处变得更耀眼，周围的人就无法无视自己——他们用这种信念支撑着自己。如此获得这种精神上的安定，度过本人专属的快乐人生，对他们而言就像是在兑现一个承诺。

饮酒的孤独

这样一来，我们逐渐能够理解，无论什么样的人，无论在什么情况下，都有可能感受到寂寞和孤独。

也许不太严谨，但我们可以用饮酒为例来进行研究。

对酒的喜爱并不仅限于对饮酒这件事的喜爱。仅仅喜欢饮酒的人，每天在自己家里独酌便能得到满足，他们周围的人也就无从发现这个人喜欢饮酒了。而大多数人并不是那样的，他们爱酒，爱的是与同伴一起醉酒的感觉。

与许多人一起热热闹闹地喝酒的场合令人感到非常快乐。而且，由于酒后感觉变得迟钝，这种美妙的感受可能会加剧。但我们在结束数小时的酒局后走出店外，想到接下来要独自在夜色中回家，寂寞感就会突然袭来，令人难以忍受，就好像一整晚的快乐都在这一瞬间消失了，像肥皂泡一样破裂了，所以我们无论如何都想尽力避免那一刻来临。

所以在那一刻我们就会想，先别管其他的，续个摊再说吧，于是就会邀请同伴到下一家店。定下这一方案后，孤独感马上又会变回幸福感。这时整晚酒局情绪上的高潮就到来了。喝到一半离开的人已经不再是同伴了，陪着自己继续喝的人才是志同道合者。仅在这一刻，他们会深信这一点：我们是真正的朋友。这当然不过是喝醉酒后感觉变得迟钝而引起的纯粹的臆想和误会（他们在酒醒后应该多多少少能感受到其荒谬性吧）。

有些人可能会想，比起最后被抛下独自与孤独为伴，反倒是醉到不省人事更好些。所以他们会喝到烂醉如泥，这一晚才会结束。可能这就是他们心中的正确答案，甚至可以说是喝酒的夜晚最好的结束方式。否则，寂寞就会袭来，把一切快乐时光全部抵消。

当然，肯定也有人会在第二天酒醒的时候感到孤独。我认识的一个人，在每次酒局的第二天都会挨个给大家道歉，因为他觉得，如果没有见到大家笑着说"你说什么呢？没关系"，他就无法将寂寞从心中拭去。

在第一场酒局结束后就毫不留恋地回家的人，拥有比这种虚构的快乐更多的现实中的快乐，比如自己的时间、家庭和家人。他们在享受酒局的同时明白它的虚幻性质，所以能够微笑着说出"玩得真开心，明天见"，然后回家。但是，没能拥有那些现实快乐的人就无法摆脱这种即便是虚幻却也近在咫尺的快乐。因为害怕自己被同伴排斥，即便需要花钱，即便对自己的身体也不是很自信，他们还是不得不跟着一起去。

他们即便在喝酒前明白酒局是虚幻的东西，喝着喝着也就不再纠结面前铺开的快乐是不是真的存在了，而会逐渐觉得这就是真实的，这里存在着真正的友情。这样的人便会一直喝下去。

幻想破灭导致的孤独

虽然我刚刚谈的是喝酒的问题，但实际上即使不喝醉也能达到同样的效果。我在实际生活中观察到了很多"无酒自醉"的情况，比如通过看小说、电视剧等方式沉浸在创作者虚构的世界里，或沉浸在自己基于现实世界的想象中。这种情况并非意味着这些人受到了蛊惑，也许终日沉浸于幻想之中，反倒会让他们感到幸福。然而，无论在哪种情况下，一旦幻想破灭，他们就会受到很大的打击。

幻想之所以会破灭，就是因为它是由现实中的他人支撑的。如果一切都仅存在于个体内部，这样的架构是很难崩溃的。而如果一切都依赖他人，一旦他人的行为与自己想象中的相反，幻想就不会再成立。而当幻想破灭时，有的人甚至会受到致命打击。

当那种打击来临，即我们感到寂寞和孤独时，最重要的是先要想清楚，自己失去的是怎样虚幻的乐趣。答案在一些情况下是某一种特定原因，而在另一些情况下可能是许多无法言明的原因的叠加。

在此基础上，我认为应该进一步思考并确认，那种乐趣到底是不是真实存在的。

思考这一行为本质上是在进行自我救赎。虽然有些人会建议那些由于思考过多而情绪低落的人不要想那么多，但我不能苟同。想太多只在一种情况下会带来消极结果，那就是把思考局限在一件事上，反复纠结。我们真正应该做的是对各种问题进行思考。我想，无论在什么情况下，好好思考都应该会带来好结果。

第二章

为何不可以感到孤独

孤独的复杂原因

在第一章中，我表示寂寞和孤独的原因在于失去了快乐，并做出了孤独与动物合群的本能有关的推论。除此之外，我还研究了人们想象出来的虚幻的快乐与现实之间的差距。从这种观点中可以看出，认为自己不能且不应该孤独的观点，建立在孤独对自身生存不利的感觉的基础上。

在本章中，我还想继续研究一下人们为何会对孤独如此恐惧。虽然轻微的孤独感问题不大，但有一些人却会被孤独压垮，甚至有人会因孤独而选择死亡。

生存危机的意义，可以参考饥饿。二者是类似的。和孤独相比，饥饿与死亡的联系更加直观。饥饿的人很明白自己应该做什么，这是所有动物都具备的机能——仅仅是产生想吃东西的念头，并采取寻找食物的行动。与此相对，当一个人感到孤独时，他 / 她却很少产生想跟伙伴待在一起的念头，也不会立刻采取去寻找伙伴的行动。因为比起饥饿，孤独的原因更复杂，难以用简单的方法解决，很多时候我们自己是无能为力的。

这种情况下的"复杂"的含义是，我们感到孤独的原因并不是简单泛指"缺乏伙伴",而是有更高级的感情或思想。年幼的孩子哭着寻找母亲等动物性的行为,或者因为恋爱对象不在身边而感到寂寞这类孤独是再直白不过的了,解决的方法也很容易确定。但是,人类背负的孤独并不都是那么简单的,这一点已经有很多人明白了。我们在十几岁时都体验过至少一次孤独,而到了二十几岁进入社会以后,即使没能有明确的认知,但在几乎每一个人内心的某个角落里,这种感觉也都会时常闪现。

可以明确地说,感觉不到孤独的人,作为人的能力是不足的。关于这一点,我会在之后详细论述。

害怕孤独的理由

现在我们要思考的问题是,明明孤独并不会直接导向死亡,为何我们中的许多人还那么害怕孤独呢?这种倾向尤其经常出现在年轻人之中。他们尚未对社会整体形成认知体系,也尚不清楚社会与自己的关系,此时他们怀有的孤独感对其影响是无法忽视的。实际上,我写这本书时也在想，是否能够稍微缓和一下那种莫名其妙、来历不明的孤独感。我认为，那种孤独感的根源是对外界观察不足和独立思考能力的缺乏。而要解决这一问题，从这种危机般的孤独感中解脱的关键是打破思维定式，多用脑思考一下。

确实，从个体角度看，孤独也是一种消极状态，而不是什么令人愉悦的氛围。如果这种状态长期持续，我们甚至会开始自我厌恶。如果这种状态今后还会一直持续，可能会令我们生不如死——会这么想也是情有可原的。这种悲观的预测本身并不能说是错误的。

但在想这个问题之前，我们还是要先思考一下，为什么孤独是如此糟糕的东西？为什么我们会如此反感孤独？是因为孤独带来的痛苦让我们如坠地狱吗？

在这种情况下，很多人会说"讨厌就是讨厌，没办法"。这是典型的"思考停止"现象，是远比寂寞和孤独更危险的状态。我们如果不思考，就称不上人类。人之所以为人，就是因为人是会思考的。放弃了思考，才真陷入了一种无药可救的状态。

在不知不觉中，很多人逐渐变得懒于思考；因为思考太麻烦了，不思考更轻松。为纠正这种态度，接下来我推荐你们和我一起从这个简单的问题开始思考。

假如你陷入了孤独，你会遇到什么不好的事情？

孤独会让人想哭，会让人打不起精神做任何事，连健康水平都会下降……对不同的人来说，孤独可能会引发各种各样的消极现象。反之，一个人如果心情好，就会兴致勃勃，能积极应对任何事，沉重的身体也会变得轻飘飘，健康状况也会变得更好。

这些都是我们能观察到的现象。如果要想象一下孤独的状态，肯定会有人说，是哭泣，是提不起精神做任何事。

但是，深入思考一下，是否正因为有了"孤独是不好的"这种先入为主的观念，我们才将这些负面的东西具象化了？我认为，很多人仅仅是因为对这种观念深信不疑，才对孤独产生了很多不必要的消极印象。

孤独的价值

可能会有人产生这样的疑问：那么，孤独到底有什么优点？

实际上，孤独还真有优点，而且优点存在于很多方面。先从简单的话题说起。虽然人们一般崇尚热闹，认为与之相对的寂寞是不好的状态，但这种情况下的寂寞，其实也可以用"安静地沉下心来做事的状态"来形容。聚会的场合是热闹的，在茶室里的场合是安静的。在日本的传统美学之中，存在着"侘"[1]和"寂"[2]两种精神。

在大自然中，当我们远行至深山之中，就能获得城市里没有的安静。那里除了孤独以外什么都没有，但那种安静的环境对人们来说肯定不能算是消极的，反而在有些时候非常重要。比如说：在思考问题的时候，热闹就会变成喧嚣和干扰；在解答数学题时，周围有很多朋友在吵闹的话，难道不很明显是负面的吗？

还有很多人会表示，人如果感到孤独，就会东想西想，反而会变得抑郁。这种观点反过来体现了"在热闹的场合下便可以什么都不想"的认知，这不禁令我感到疑惑，难道人们出于本能希望自己可以不思考吗？

对于那些因思考而感到痛苦的人来说，孤独可能真

---

[1]　清寂简洁的质朴之美。——译者注
[2]　时间沉淀出的古朴之美。——译者注

的是一种消极体验，这是因为他们无法好好利用孤独的积极一面。那么，听音乐的时候又会如何呢？在想要全神贯注地聆听自己喜欢的音乐时，是不是周围安静一点儿更好呢？

认真听音乐时精神集中的状态，我认为与思考是非常接近的。同样，沉浸于读书或埋头于绘画之中的状态也接近思考状态。这些行为的共同之处在于，它们都是个体活动，与安静的环境更相衬。如果你在人群当中，注意力就会被分散，难以进行下去。

仅仅是这样稍稍思考一下，你就应该能够明白，寂寞与孤独实际上对人们来说是非常重要的。关于这一点，我在下文中还会详细论述。

被灌输的不安

让我们再次回到这个话题。我们一旦开始思考为何我们要拼尽全力远离孤独，下一个出现在脑海中的原因就是，我们理所当然地认定了孤独是消极的。

可能有人会认为，我们只是借助人类拥有的本能感受到这一点的。许多娱乐作品都有夸大伙伴重要性的倾向，与此同时，又向受众内心灌输了"孤独非常痛苦"的观念。在电视剧和动画中，这样的情节也在反复上演，产出过剩。"家人之间的爱"也是如此。这种带给观众的感动，对创作者来说技术上非常简单，对受众来说也绝非生理上无法接受。因此，大家都在利用这些感动，结果就是使其在社会上广泛传播。只要把它当成精髓加进去就一定没错，这仿佛成了一种共识。

人们看电视剧、电影、动画、小说和漫画时，都期待看到这种轻轻松松制作出的感动。说白了，这样人造的感动很廉价。我认为在现代社会，这种东西已经太多了。因为爱的人死去了所以悲伤，而能够将自己从那种寂寞中拯救出来的唯有伙伴，这种老套的感动不知凡几。只要让受众反复观看这一类作品，他们就会形成条件反射，自然地流出眼泪。在有人死亡、哭泣尖叫、父母子女或恋人被迫分离的场景中，流下泪水是很自然的，但流泪并不等于感动。很多作品的宣传词中经常出现"催人泪下"，但是"只要能让人哭出来就是优秀作品"这种认知实在是大错特错。

让人哭出来谁都能做到。那是一种与暴力很相似的外力，就像只要被打就会感到疼痛一样，只是单纯的反应罢了。

但是，从小在这种"贱卖感动"的环境中熏陶长大的人，就会认为某些流水线上制造的产品就是令人感动的伟大作品，于是进一步停止思考，这些被灌输的观念就会成为他们的价值观与常识。如果无法自己思考，他们就会把感动当成普通、绝对之物，不属于这一类别的就统统变成了异物。

一旦用这种被灌输的观念来思考，孤独就变成了必须排除的异常情况。因为孤独是不应该存在的，所以往往轻微的孤独感就会导致自我否定。而那种认知到底从何而来，很多人却完全不会去思考，这就易引发严重的潜在危险。

铅字的虚构

当然，很多娱乐作品的制作并非出于恶意，而可能是为了向公众进行"朋友很重要""要好好珍惜家人"的道德宣传。这样做也确实产生了效果，大多数人的确受到了教育，且能朝着积极方向前进。但我们不能忘记，也有很多情况并非如此。由于过于强调这种情况绝对正确，那些出于某种缘故而被落在后面的人，就会绝望地认为自己的前途一片黑暗。

媒体上那些虚构的故事传达的信息过于一边倒，这大概是最大的问题。有没有什么作品描绘了那些不依靠家人和朋友而独自一人坚强生活下去的人呢？有没有作品告诉人们，即使受到了朋友和家人的伤害，也可以一个人快乐地生活下去呢？恐怕在一般作品中，对这种人物的刻画，除了展现他们的寂寞以外，不会有其他的方面。因为大家内心早已断定，一般人只会有这样的反应。

即便拥有其他生活方式和价值观的人是少数，我们也不应该忽视他们。即便伙伴和家人不是他们人生中最重要的，这种情况也绝不是异常的，他们也不一定会感到孤独难忍。除了伙伴和家人以外，我们还可以拥有数不尽的快乐，美好的东西也可以有许许多多。我深深地体会到，有些时候，承认它们的存在是有必要的。

举几个例子，虽然不太常见，但的确有人为天体观测奉献了一生，也有人把解数学题作为一生中最重要的事情，还有人一辈子沉迷于雕刻佛像。对他们来说，伙伴、家人及亲密、爱意等都不存在，唯有自己孤身一人。对普通人来说，那种人生太寂寞了，毫无疑问看起来非常孤独，但对那些人来说绝非如此。他们感到快乐，生机勃勃，每一天都笑着度过。实际上，那样的人我就认识好几位。在我看来，他们反倒比一般人看起来更快乐。他们歌颂人生。他们的那种"自由"，绝对不是异常的。如果要我说，我倒觉得他们活得更有意义，甚至让我称羡，他们享受着更高一级的快乐。

还有一点，那些过着自由生活的人不争不抢，热爱和平，行止有礼，不给他人添麻烦。如果全世界的人都像他们那样，那就既不会有战争，又不会有矛盾，为何还会有人否定他们那种生活方式呢？

为快乐做好准备

接下来，我们再稍微深入思考一下。我们通过观察自身或他人后可以明白，快乐与孤独原本就是光与影的关系，不能单独存在。它们就像海浪一般，不断重复着到达最高点又落回最低点的运动。我们因为有过快乐，才能感觉到寂寞，而又因为了解了寂寞，才能感觉到快乐。

如果过着那种每一天都要开派对、与许许多多的人聚在一起、每分每秒都热闹非凡的国王一般的生活，你又会怎么样呢？请想象一下，那种场景恐怕是不能持续的。你肯定会希望拥有一些稍微安静且可以自己一个人享受的时间吧。当然，与之相反，如果你一直都是一个人生活，那么自然就会想，有没有人能偶尔来我这里玩一会儿呢？不存在哪种状态好、哪种状态不好的情况。无论是热闹快乐还是安静寂寞的时间，都是我们需要的。这种在两者之间变化又不完全偏向任何一边的过程，正是生活的乐趣所在。痛苦之后迎来快乐，热闹之后迎来沉静。可以说，正是这种变化让我们体会到了快乐和寂寞。在前一章中我写过，孤独是失去了快乐的感觉，这就意味着失去的这一变化过程成了人们感到寂寞的根源。反过来说，快乐是人们在痛苦和寂寞消散后体会到的那种感觉。

因此，关于我们本章思考的主题——为何孤独是糟糕的，我们应该可以通过再次追问我们不接受孤独的理由而得到部分答案。恶是由善变化而来的，善是由恶变化而来的；同理，如果孤独是消极情绪，那么也可以理解为，正因为存在着积极面，才会有消极面。

而且，这种变化是理所当然的，只要我们还活着就会循环往复，正如波浪的运动一般。这些都是必然的——感觉到寂寞、孤独，都是为了迎接随后降临的快乐所做的准备。不好的状态是跳跃到好的状态前屈膝的瞬间，所以些许辛苦或麻烦，都是赠品。

综上所述，每当感觉到孤独时，我们只要将其理解为迎来快乐前的必经阶段就好了。能够理解这一点的人，就能沉浸在"寂"的世界里。那种从容的态度也是一种美。

用正弦曲线思考

我先前写下的那些观点可能比较个人化，可能有很多人会觉得强词夺理。反过来说，孤独到底哪里不好，也没有确定的理由。这与"快乐是什么"这一问题本质上完全相同。和朋友愉快度过的玩耍时间为什么令人感到快乐？

答案只会是：因为失去了那些没有朋友的寂寞时间。我认为，如果将维持生命这一本能抛开，就无法说明这一问题。

此外，虽然我说过人的状态会像波浪一样循环往复，但我自己本身是一直在感受着孤独的。也许有人会为此烦恼，因为他们现在无法感觉到任何能在未来使他们脱离现在这种状态的迹象。我举个极端的例子，如果是被宣判死刑后被独自关在一间牢房里的人说出这样的话，那么旁观者确实无法否定，或者说很难否定它（虽然我并不认同）。但是，至少那些有自由之身，能够把时间花在自己喜欢的事物上的人，能够采取一些手段，向着未来的积极状态去转变。即使现在处于无趣的状态，他们也能够进行一些思考。为了将来，自己现在能做些什么呢？可以想想这些问题的答案，做一些准备。即使只是像这样做一些计划，或在脑海中描绘一张蓝图，应该也能使心情变好很多。而我们一旦向着确定的目标开始做具体的事，就会变得更加开心。到了这一阶段，也许很多人就已经脱离了寂寞与孤独。

像海浪一般起起伏伏的，是我们心情的变化，这种变化类似人体生物节律曲线，或者也可以参考一下正弦曲线。通常人们认为，曲线（见图1，第46页）的最高点代表着快乐状态，最低点代表着孤独状态，但我的感觉稍有些不同。人的天性之中自然拥有对未来事物进行预判的本能。实际上，一条曲线中最"向上"的点，存在于最低点与最高点的中间，也就是由消极变为积极的过程中。反之，最"向下"的点就是由积极变为消极的过程中的点。而它们作为一种状态，都在零的位置。很多时候，人们的情绪并不是由现在的状态，而是由现在前进的方向——势头——支配的。因此，本应是始终处于顶端状态的国王可能时时感到无聊，而始终处于绝望状态的单人牢房里的死刑犯也不一定感到多么孤独（虽然这些都是我的想象）。这些持续没有变化的状态，可能意味着我们已经达到了某种大彻大悟的境界。

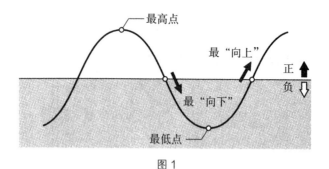

图 1

影响感情的是变化率

用有些令人难以理解的话说，我们的感情不是被实际位置（势能），而是被速度（速率）左右的。用数学语言描述的话，速度是将位移用时间进行微分得来的（或者可以理解为"变化率"）。这一点只不过是将前一章的内容换了个说法，而我们真正应该思考的是，为了获得速度，应该把能量用在哪里。

根据牛顿力学的定义，改变速度的是力。而加速度体现了速度的变化。加速度是对速度的进一步微分，由最初的正弦函数变成了余弦函数，周期偏移了四分之一（见图2，第49页）。如果再将余弦函数进行微分，再偏移四分之一，得到的曲线就会与最初的正弦曲线上下翻转（负的正弦曲线）。这意味着最低点实际上也是在用最大的力上升的点。再补充一点，在最能够感到快乐、速度最大的那一点，力变成了零，那之后制动便开始了（反向的力）。

我曾在小说中让某个人物说了这样的台词——

"没有人惧怕死亡本身。他们怕的是走向死亡的生活。"

其中的道理是一样的。人们在无意中对现状（势能）

的变化进行了微分，以此支配着自己的感情。

人们的状态、人们所成就的事业的状态、万事万物的道理都可以通过这样的曲线来体现。在最低点时，人们觉得一定得做些什么，于是这时最为脚踏实地，拼命努力，成为之后上升的契机。在这种上升速度最快的那一点，我们会感到快乐，进而十分满足，但是在不知不觉中，努力的力就变成了零。

在孤独的顶点和最低点，人们的精神状态最为活跃，他们为自己的这种状态感到担心。于是，会积极地寻求一些方式来改变。当然，在那之前，人们也一直在寻求改变的手段，但我是说在这个时候，努力会达到最大值。虽然此刻尚在负数状态，但是随着状态一点点地上升，加速踏板也开始渐渐放松了。这可能是因为人们松懈下来了，但换个角度想——我们付出这么多努力，原本就是为了有朝一日能松懈下来——就能理解这种走向了。

从下页图 2 中也可以看出，人们感到最孤独的点，是在还没有开始努力的时候。在感觉到寂寞和孤独且尚未着手采取任何措施的时候，短时间内就只能任其下滑了。

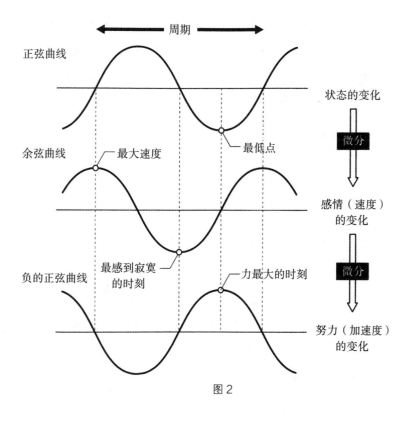

图 2

根源是生与死

我希望你不要误会，这种上升与下降并不是按照一定的周期（也就是人体生物节律）发生的。正弦曲线只是为了说明问题而设置的模型图，实际上这种波形应该是许许多多的正弦曲线交错组合出的复杂图形。但是，通过思考这种变化率，我们能在某种程度上理解它在心理上的影响。

那么，让我们再次回到"为何孤独如此不可接受"这一问题上来吧。通过以上种种思考与研究，我们逐渐明确如下内容：在我们感到孤独的时刻，事态其实尚未达到最恶劣的程度。我们只是可以预料到接下来会遭遇痛苦，且在这一时刻，需要某种努力（作用力）。

对动物来说，使用力气、消耗精力会导致疲劳。用尽了力气之后的疲劳，是接近死亡的感觉，至少是流失了精力的感觉，而且疲劳会带来痛苦和麻烦的感受，它们从生理上就会想尽量避免。

也就是说，让人把孤独视作糟糕状况的这种感觉，是一种对接下来要消耗力量这一事实的恐惧，即它是由疲劳或麻烦等消极情绪的预感带来的。

与之相反的是，人们之所以感觉快乐是一种良好的状态，是因为那之后会获得放松，即四肢无力的感觉。那代表了休息、养生，有着让人获得精力的效果，因此会使人感到喜悦。

这样看来，我们不得不再次认识到，支配人类感情的是生与死这样根本的东西。人类完全无法逃离"活着"和"终归要死去"的事实。不得不说，这是所有生物的宿命。

为了让自己获得自由

话虽如此，但我认为，也不必因为有些事人力无法改变而放弃。我在上文中表达的意思不过是，人们总会在无意中有那样的感觉，那不过是种条件反射罢了。即使做不到完美，那种感觉也是可以在某种程度上凭借自己的思考修正或者可以由自己书写的。也就是说，孤独不被人们接受的理由，仅仅是因为它会让人们联想到死亡，但它并非死亡本身。辨明真相以后，你就不会觉得它那么可怕了。例如，许多人都能平静地观看有多名角色死亡的电视剧或者电影。恐怖场景频现的惊悚小说，不是也有许多人看得津津有味吗？

可能会有人反驳说，虚构作品里的孤独和降临到自己身上的孤独可不是一回事。但降临到你身上的孤独的根源，也不过是你脑海中模糊的印象，是像梦一样对死亡的预感罢了。这不也是货真价实的虚构之物吗？

也许有人会说，为了排遣孤独，我们不得不采取一些手段，为此付出精力是非常麻烦的，这不是产生了实际损害吗？但是，只要把那种孤独当作虚构之物来看待，只需要付出转变心态的"麻烦"，就可以解决这个问题了。

我们只要这样不断追问问题的本质，就能摆脱那种囚禁着自己的莫名其妙的情绪。我想这可能是这本书中我想传达的最重要的主题。

美化伙伴或朋友的电视剧、小说和漫画非常多，无非因为这类内容非常容易创作。如果能够拯救一个人的事物是个人兴趣爱好、哲学或者知识，那么是很难通过电视剧之类的形式来描绘的。在电视剧中，必须有一个人物形象代表施救方登场，否则就没法创作对话，原因不过如此。

例如，请想象一位伟大的科学家或数学家，在他们的人生中，物理学或数学是他们赖以生存的领域（现实）。在那些领域里，他们的思考是令人兴奋的，能创造一般人可能想象不到的巨大快乐。我可以想象到那种快乐，是因为我在实际进行研究的过程中曾经体验过那种感觉。

在那里，我并不需要其他人。我相信，在独处的安静时刻才有的感动，是只有人类才能获得的幸福。即使在那里，也存在着上升和下降的趋势。在下降的时候，一切都是徒劳的。但是，一旦达成了某个目标，或有了某种前所未有的新发现，我就会高兴得无以复加。我不知该如何解释，但可以断言，那是一种无论和朋友玩乐还是跟爱人在一起都无法媲美的巨大喜悦。

缺乏思考才会感到孤独

对科学家和数学家来说，孤独感在于普通人不明白这样的孤独会带来快乐，因此他们是在独占这种快乐。虽然这种快乐不太常见，但他们在感受到这种快乐时，会觉得全人类以及这世界上的一切都是美好的。万事万物都令人感到快乐。

这种感觉很难向别人传达。即使给学者制作一部描绘其一生的纪录片，这些关键部分也可能因为无法被普通人理解而被剪掉，让重点转移到描绘那位学者的日常生活或家人等繁杂琐碎的周边话题上。在这些人中，有人不畏艰苦，持续努力进行某项研究。他们为什么能做出这样出色的成绩呢？人们通常会说，那得益于他们不屈不挠的精神，但实际上完全不是这样的，而仅仅是出于无上的快乐——即使倾尽其所有，有时甚至要以折损生命为代价，他们也想追求那种程度的快乐，只因为那种快乐是光芒四射的。

虽然普通人难以理解，拍成电视剧也很难表现，但是至少看懂那种快乐的人就会确定，"虽然成就了伟大的事业，但是牺牲了家人"或"在现实生活中孤独终老"等解读毫无疑问是错误的。会这样解读的人太多了，我每次都想反驳，告诉他们其实不是这样的。

况且，断言他人生活孤独的这种评价行为本身就是错误的。认为"只要独处就孤独，孤独就一定是不好的"，这种不经思考的判断不过是个人的主观臆测。如果要以同样的价值观回敬他们，我认为那种不思考的习惯才是人类最孤独的表现。

在我的价值观中，"孤独是件坏事"是不成立的。我特别喜欢孤独，喜欢能让我独处的地方，且独处时间越长越好。虽然偶尔我会因为有客人造访而体会到大家都会有的那种喜悦，但客人偶尔来几次就足够了。思考问题的时候，谁都是独处的。发挥想象力进行创造的工作从头到尾都是个人活动。对这种活动来说，孤独是绝对的必需品。在热闹的场合下诞生的作品并不是没有，但这些例外情况几乎都是这样的：在独处时思考到心烦意乱的人，在热闹的场合下得以放松，忽然获得了灵感。

当然，这并不意味着我们就要因此忽视他人。个体的认知能力是有界限的，通过与他人互动而收获的成果也是非常多的。即便如此，其中很多信息都是通过阅读获得的。读书的时候，还是独自安静地进行比较好。

这些道理在前人看来是理所当然的。任何文化都会强调一个人静静度过的时光的重要性。很多人都认识到，那是奢侈而宝贵的东西。然而，在体验了信息化社会数十年后，人们是不是有些忽视了独处的重要性呢？在现代，他人会通过网络不断介入属于我们自己的时间，这种互联的在线状态往往会使我们远离那种珍贵的孤独。

制造廉价感动，培养消费群体

由于孤独很难在电视剧中得到表现，很难带给人们感动，传媒业始终没能对孤独的重要性进行广泛（特别是针对青少年）的宣传。他们创造出受欢迎的角色，用受欢迎的偶像开发出许许多多的娱乐产品，而这些无一例外都在鼓吹"联系"。这些内容会带来丰厚的利润。如今的孩子们完全沉浸在这些内容中，自然受到了潜移默化的影响。

于是，他们认定，别人做什么，自己也得做什么。在学校必须多交朋友，有一个也比没有强。团结大家的力量完成一件事才称得上美德。只有大家一起制造的才叫感动。这就是现代的"好孩子"们统一的观念。许多孩子都像嗷嗷待哺的幼鸟一样，张大了嘴想要获得这种模板化的"感动"，却不曾体味过自己脑海中涌现出的真正的感动。他们无法体会到，在一个没有人的地方，把一整天都花在观察一只虫子上可以获得的那种美妙的感动。

这样一来，便出现了恐惧孤独、渴求通过与人联系来创造感动的人，他们成了仅仅会购买那些批量生产的廉价感动的"优秀消费者"。企业希望面对这样的大众，便会积极通过这种方式，饲养出这种"幼鸟"来获得利益。在我看来，这样的大众和行尸走肉没什么区别，是没有思想的。

用最直白的话说，如今的情况就是这样的。但从某种意义上看，做这种幼鸟是幸福的，因为只要本人感觉不到孤独，便无所谓孤不孤独了。这对他们本人也是好事一桩，因此我并不打算向他们指出这一点。可惜，他们反而会指着在人群中为数不多的享受自己精神世界的人，嘲笑他们的孤独。这时，比起觉得他们说错了，我更感到荒谬。这不是到底谁才孤独的问题，而是双方都应该按照自己喜欢的方式生活。

我之所以故意在这里采用了比较激进的措辞，是因为如果不够用力，很多人是意识不到的，就会产生多数人否定少数人的喜好、少数人顺应多数人的喜好的情况。我只是想说，这两类人难道不该互相理解吗？

从商业角度看，孤独意味着无法畅销，就会成为事关企业生死的问题。这对资本来说，是很严重的事。因此，他们需要尽可能宣传避免孤独的方法。

　　再举个可能不太恰当的例子。运动员为了取得胜利而进行的努力，其实是一种个人行为，在这个过程中不免存在着孤独的成分，但他们在成功后接受采访时却不能说"胜利要归功于我自己，是我一个人通过一点一滴的努力得来的"，而要说"我要感谢一直支持我的粉丝朋友们"。青少年会不加分辨地一股脑接受这些让他们感动的话，进而就会产生也想受到大家关注的想法。而说出这些话的运动员，不过是因为需要粉丝来维持自己的商业价值才选择说套话罢了。也就是说，那些感谢粉丝的话，不过是商业广告宣传语的一部分。随着年龄增长，人们应该都能逐渐明白这一点，但是最好不要忘记，青少年还不具备足够的明辨力。

对孩子说的不负责任的漂亮话

　　我们总能听到"只要努力，总有一天是能成功的""相信自己，一定能实现梦想"这样的话。但是，很多人一直在努力也无法成功；即使相信自己，梦想也遥不可及。这才是现实情况。那些不假思索地相信这些话的人，会逐渐变得不知道怎样做才对。尤其在当他们希望受到他人的认可，变成受欢迎的人，却无法实现这些愿望，并突然意识到自身处境如此时，孤独感就会被放大，成为心底的一根刺。那么，错误到底出在哪里呢？

那些意识到自己不适合做某些事或缺乏才能，进而修正了前进方向的人是幸运的，但那些一直以来受到的教育都是"要相信自己"的老实的孩子，可能不会那样简单地做出改变。信念越坚定，就越容易被逼进死胡同。

我认为，我们应该用更直白的语言告诉他们现实的样子，坦诚地告诉他们人生的道理。受社会文化影响，我们之所以无法这样做，是因为无法舍弃旨在给予消费者更多梦想的广告宣传语。

我并不想在这里否定某些人。我只是想说，需要有人告诉青少年，有些过于理想主义的宣言不过是不能反映现实的人造物而已。头脑清楚的青少年应该能自己发觉这一点，但也会有很多对其深信不疑的孩子，其中有些还可能把那些宣言当成救命稻草。后者可能会碰到很危险的情况。

换句话说，制造出"孤独是一种不可接受的状态"这一概念的最强大的动力，就存在于商业与经济活动之中，而大众传媒也在每天不停地对其推波助澜。这毕竟是门生意，因此从某种程度上说，媒体会反复宣传也并非不可理解。经商的目标就是获取利润，因此企业会为了这个目标选择效率更高的手段，将商品包装为更受大众欢迎的形象。这些商业行为不是身处商业社会中的你我可以左右的，但对这些在商业宣传的包围下长大的孩子，认真地教育他们，让他们明白宣传的本质，是有必要的。对孩子进行这类教育是大人的责任。作为个人对政界或媒体提这种要求并无意义，现在也不是能慢条斯理地说这些的时候，但只要是父母，就有责任保护自己的孩子。我就是这样对我自己的孩子解释这些的。在他们还没到能明白这些道理的年纪以前，我不让他们看电视节目。

　　这种媒体宣传的结果，就是会让接受者对孤独产生不切实际的认识。我想象了一下，恐怕霸凌也有着同样的起源。因为没有具体的数据支持，我无法断言。但从其作用机制来看，两种情况的触发条件是很接近的，因此很容易进行联想。

前文也写过，在霸凌事件的心理机制中，存在着霸凌方对巩固人际关系的需要——霸凌方通过让一个人成为牺牲者，来确认自己所处小团体内是否团结。他们身为霸凌者的身份获得了同伴的认可，这种类似反馈的行为就是霸凌对他们而言的意义。将霸凌一开始的征兆视为很严重、很深刻的问题，或在被欺负后感到羞耻，想要隐瞒，归根结底应该都是因为在年幼时受到有关友情和伙伴的、经过美化的虚构作品的影响。而霸凌者一方也会将其作为参考标准，并将得到的反馈当作激励。

对年轻人说的不负责任的漂亮话

虽然前文中谈的都是青少年，但我从年纪稍大、刚刚步入社会的年轻人身上也能看到几乎同样的倾向。

不久前，有人请我写一本以工作为主题的书。按规定，要写的内容包括我们应该在人生中找到工作的价值、享受快乐职场这些不接地气的话。于是，越来越多的人把这些话当真，并为其与现实之间的差距而烦恼。也就是说，让他们感到烦恼的是工作之后发现只有痛苦没有快乐，或根本找不到有价值的工作。那本书收录了一些普通读者对工作的咨询，其中抱怨"工作的地方死气沉沉"或"上司只让我干一些无聊的工作"的人非常多。这些都可以证明，对工作进行美化的宣传导致了很多人对工作的误解。

我在那本书里对工作的描述是实话实说的。工作本来就是辛苦的。因为工作辛苦，所以我们才能赚到作为报酬的钱。读者给我的反馈中很多都是"我顿悟了，就该这么考虑问题""读过之后感觉心里轻松了许多，又获得工作动力了"之类的。

然而现在，似乎那些符合实际的真实内容都在理所当然地从大众视野中消失，而由商业宣传炮制的虚构内容取而代之，成了大众的常识。当然，对那些本来就干劲十足地投入工作的人来说，这种美化完全没有问题。但那些带着更大的期待进入社会的年轻人还是会为理想与现实间的落差感到烦恼。这其中应该还有那些在职场中觉得唯有自己被孤立、被孤独感折磨得痛苦不堪的人。

似乎有一部分年轻人觉得，把自己一个人关在房间里，看不见其他人的工作是孤独的、不快乐的。他们希望能看到客人的笑容，得到一些赞许自己工作的回应。他们觉得那才应该是工作的价值所在。这些跟商业宣传中"伙伴"或"朋友"的概念可以说如出一辙。在许许多多的虚构作品里，工作都被过分美化了，这导致大量年轻人开始怀着某种幻想进入社会。

为避免在这个话题上纠缠过久，我就写到这里。只是为了以防万一，还要重申一句，我并不是在一味否定"结交许多朋友会令人感到开心""跟同伴一起愉快工作的情景是可以实现的"这些论调。如果真能感受到那些开心，也算是非常幸福的了。除了要有好运，品德和魅力也是必不可少的，那样的人生是旁人嫉妒不来的。我想说的不过是，人生并不只有那一种道路。形形色色的人必然拥有各种各样的道路。世界上也有只想自己一个人安静地、勤勤恳恳地工作的人，那样的人并不会感到那种状态有多孤独。指着那样的人说"他/她可真孤独"才是错误的做法。

假如独处就意味着孤独，就是孤独的定义，那么就会出现这样的句子：有的人非常喜欢孤独。孤独不是不好的东西，也没有法律给孤独定罪。虽然我写的都是符合实际的内容，但在我看来，有许多人似乎已经忘记了现实是什么样的。

如今感动已沦为商品

本章讨论了孤独为什么不可接受，但结论很简单。孤独并不糟糕，寂寞完全没错。何止如此，甚至对某些人来说，孤独才是好的或必要的。

我认为，对人类来说，寂寞和孤独是不可替代的经历。我之所以这样说，背后的逻辑并非"因为某种辛苦的感受非常重要，所以最好体验一次"，而是因为孤独本身具有极高的价值，甚至到了我们应该去主动追求的地步。关于这一点，我想在单独的一章中展开。

我还想再加一点，不知算不算画蛇添足。

在我小时候，孩子如果高兴到大喊大叫，是会被斥责的，大哭当然也如此。那时对孩子的教育都是，要安静。我的父母是这样教育我的，所以我也是这样教育我的孩子的——喜不喧嚷，悲不号哭，宠辱不惊。我认为这样才叫有教养，当然现在我依然这么想。

然而如今，有这种想法的人似乎逐渐成了少数派。电视剧里出场的人物总是一会儿就跳起来了，一会儿又哭出来了。在不知不觉中，人们似乎达成了这样做无需感到羞耻的共识。这种表达本身无可厚非。例如，在美国文化中，直率地表达感情的人比较多（虽然美国人也分各种各样的性格），于是日本人也逐渐变得国际化起来。

男孩在十五岁以后就不能在人前流泪的传统在过去的日本确实存在。现在的年轻人可能很少知道这一点了。如今，举例来说，人们可能认为在体育比赛中落败后流泪才能给他人留下更好的印象，但我不这样认为。我们不是动物，而是人类。我认为具备控制感情的能力才更有美感。

而我不禁在想，是因为人们认为理应把感情一味表达出来，还是因为受了廉价贩卖感动的影视作品的影响。

我是作为推理小说作家出道的。我因为在书里塑造了很多即使看到了尸体也并不会尖叫的人物形象而横遭指责，被批评为"没有人情味"。但是，看到了尸体就一定要尖叫吗？仅仅如此就要陷入恐慌吗？读者会给我的那些人物贴上"过度理性"的标签，但我只是想追求真实罢了。

这种文化倾向可能是最近出现的：很多人表达感情的方式过于直率，动作也变得夸张；同样，他们也过于强调了孤独的消极意义。所以，有的孩子仅仅是听到别人说一句"你很孤独吧"就会受到冲击，这是什么情况呢？或许可以被称作"感情过敏"。

此外，我还觉得动画人物的说话方式非常不自然。那些被称为"声优"的配音演员普遍存在把感情过度注入台词的倾向。动画本身无法表达细微的表情，于是只好用声音来弥补。他们为好莱坞电影配音的时候，观众不会觉得很不自然，而会觉得美国人就是那样说话的。但当电影里有日本人出现的时候，观众就会觉得配音方式太夸张了。在动画里，登场人物是日本人时，夸张的语气会给人一种怪异感。普通人的声音和说话的语气更加平淡无味，而这种"不专业"反而是更真实的。

但是，如果我们逐渐习惯了这样过度显露感情，把这种做法当成正常情况，便容易过度地感到孤独。我不是在抨击动画和声优本身，而是觉得这里出现了同类现象，是一个可能更加简单易懂的例子。

最重要的应该是分清虚构和现实。

第三章

孤独是人类的必需品

越来越容易实现的独身生活

在前一章里我也略微提过，我认为孤独对人类来说是非常重要、有价值的状态。说得极端一点儿，我认为可以断言，感知不到孤独的人是傻瓜。在本章中，我将对孤独的价值进行论述，并提出问题：既然孤独如此重要，为何人们还要驱除它呢？

孤独的对立面，大概就是人们通力合作的状态。如今，多人合力做某件事的行为会被无条件地美化。例如，在运动中，我们会更重视团体比赛。不仅是队员，就连看台上的观众也会被拉进团体营造的氛围里，获得"大家并肩战斗着"的感觉。战斗需要伙伴，在双方对抗的时候，人多势众的一方会占据优势，而这个群体必须团结一致。正是在这种意义上，"人头数"与"合作"才会成为同等重要的因素。

尺有所短，寸有所长，人们可以通过互相合作来弥补个人不足的部分，如此一来，社会就能够顺利运转。这一点是确凿无疑的。每个人都不可能做到十项全能，一个人想独自生存下去应该也很困难。我丝毫没有要否定这种社会机制的想法。社会，就是由大量的个体通过合作来维持运转的。

但是，孤独并不意味着要拒绝这种合作型社会。人们并不是因为拒绝与他人共同生存这一意图才变得孤独的。即使保持孤独的生活方式，也可以对他人、社会做出贡献。即使保持孤独的生活方式，也可以接受社会的恩惠。在过去，这种情况也许是困难的。比如在原始社会，如果不成为群体里的一员，个人生活就会出现困难；但在现代社会，情况已经大不相同。

我几乎不与人见面的生活

再举一个或许不大合适的例子，我想稍微介绍一下我现在的生活。我大约已有两年半没有坐过地铁了。自家院子里的迷你火车我倒是每天都会开着转几圈，但有大量乘客使用的公共交通工具我很久都没有乘坐过了。为何会如此呢？其实是因为我几乎不与人见面，也没有机会进城去。

每天的大部分时间，我都在独处中自得其乐。我虽然和家人同住，但也只有在吃饭和出门遛狗时才会与他们见面。我如果要出门，也是自己开车，所以可以说，我的活动范围的半径也有几百公里了。在工作时，我几乎不需要与人见面，全部可以通过电子邮件对接。我95%的购物是网购，每天都会收到几个快递。就算电话响了，我也不会去接（因为几乎都是打错的），也没有来信（大家都不知道我的住址）。

即便如此，一年里也会有几次，我的朋友会远道而来探望我。每到那种时刻，我也会愉快地度过，并不会怠慢了客人。

而我一个人时会做的活动包括在院子里劳动，在车库里做事或在书房里看书等。我没有双休日，也没有节假日，每天的活动都是类似的。我不外宿，不在外面吃饭，不会熬夜。每天在同一个时间段，我基本都在做同样的事，可以说生活节奏几乎毫无变化。

要说为何我不会对这种几乎没有什么变化的时间安排感到厌烦，那是因为这种时间计划最能激发我的创造力。我感到非常兴奋，对每天都感到新鲜，而唯一的原因就是我非常快乐。我本身是非常容易对事物感到厌倦的，只要稍稍感到一点儿无趣就会立刻放弃。就算是对住所，我只要厌烦了也会立刻搬走。到目前为止，我的人生都是这样度过的。因此，不管怎样，为了不感到厌倦，专注新鲜事物成了我的生活方式。其结果就是，我过上了现在这样的生活。

在一般人看来，这种生活也许正体现了孤独的状态，我也这样认为。不过因为我家里还有家人，所以至少我还没有陷入"孤立"状态。当然，这种宁静正是我想要的，我这样做仅仅是因为我喜欢这样。我不懈追求，搜寻探索，才获得了这样的环境，所以我完全没有感觉到寂寞。如果非要诉诸语言，我会说："没有比这更美好的孤独了。希望这种美好的孤独可以天长地久。"

但是，我并非拒绝人际关系，也不是要断绝与社会之间的联系。现在我写了这本书，就会有读者掏钱购买。我是希望通过这种联系，用我自己的方式为他人提供力所能及的帮助。虽然现在我已经处于半退休状态，但至少我还在赚钱，在大量纳税。书卖得出去，就意味着有很多人承认它有价值（从市场反应看，可以做此推论）。就算只有一点点，也可以说是为社会做出了贡献。

另外，我现在还在对几个课题进行研究。虽然这些工

作是相对独立的，但是也有很多时候，如果无法获得必要
信息，研究工作就会停滞不前。这时，我会在网上查阅资
料，或与相距甚远的研究人员进行交流。由于我隶属于某
委员会，我还需要出席网络会议。这与从事兴趣爱好活动
是完全一样的：大家各自完成任务，偶尔会互相报告各自
的成果，互相评价，也会受到彼此的激励。如果是兴趣爱
好，那么自始至终只要自己得到满足即可，但在科学领域
却不能这样。一项技术如果不能被他人理解，不能由他人
重现，就不能成为真正的技术。因此，不管研究时有多么
孤独，到了评价成果的时候，大量的交流不可或缺。这种
交流和与人愉快地聊天完全不同，对我来说，这属于在社
会中与人合作的范畴。

对个人主义的相斥反应

像上文中表明的那样，我们即使孤独，在现代社会中
也可以生存下去。之所以如此，是因为在当今的社会中已
经有允许个人主义生活方式存在的运行机制。这种独居的

生活方式在过去的农业社会里可能是不被允许的，现在却已经获得了充分的自由。毕竟，如今网络已经非常普及，而人们的意识也有了很大变化。从这种意义上说，孤独现在也是自由的一种象征。

你如果希望被许多同伴围绕着生活，当然可以这样生活；如果不想这样生活而只想独居，也可以按自己的心意独居。这两种生活方式是可以共存的。

然而，在如今的社会中还处处残留着陈旧的思想，还是会有人对想要离群索居的人们投去责难的一瞥。这些人对跟自己价值观不同的人没有好感，或许是他们想要集群的意识使他们产生了排斥孤独的心理。比起以前，虽然他们更能对不合心意的事视而不见，但内心还是会觉得独居非常无趣。每当有什么匪夷所思的犯罪案件发生时，媒体就会强调：犯人从不出门，犯人孤独生活，犯人是动漫爱好者，犯人成天泡在网上。这些报道就是观念冲突的证明，这些说法听起来与"犯人是公司正式员工""犯人朋友众多""犯人有家人"感觉很不同。我希望你能思考一下其中的原因。

这样的宣传就好像是在隐晦地表示，希望公众认为那些人是因为忍受不了孤独才会犯罪的。这可以说是一种洗脑式的报道。

不孤独的犯罪者也数不胜数，何况在我看来，即使孤独生活，也不过是出于对这种生活方式的喜爱而已。哪一方见解更坦率呢？有句话叫"报复社会"，描述了因为对自己的境遇心存不满而对社会进行报复的行为。我认为并不需要编造那种奇怪的理由，这种行为纯属迁怒罢了。"不管是谁都行""不相干的人""迁怒于人"的几种说法，描述的都是对原本的对象之外的人发泄愤怒的行为。将对某个个体的愤怒转移到任意对象身上，是因为不知道原本的对象是谁，还是因为原本的对象难以攻击才转而选择可以轻易攻击的对象呢？此外，他们还有别的考虑：虽然攻击了无关人员，但只要闹出足够大的动静，最终自己的愤怒就能传达给自己怨恨的对象。很明显，其出发点是希望自己得到认可，这样的人其实是被惯坏了。这种因为"被惯坏"而导致的犯罪并不是热爱孤独的人会做的，反而是害怕孤独的人才会有的行为。也就是说，我希望大家意识到，这才是大部分人的常识性价值观。

媒体如果提到"无法忍受孤独"，就会变成宣传"孤独是罪恶"的观点。这种宣传，倒不如说在无意中成了培养罪犯的温床。

凌驾于和平之上的个人主义

　　世界上有各种类型的人。无法容忍拥有其他价值观的人的存在，换一个词来说就是"歧视"，在现在这个时代毫无疑问就是恶的一种。这种恶一旦扩大，就会变成战争和恐怖主义。恐怖分子的目的就是强制人们接受自己的观念，正因如此，他们才会攻击那些不认可自己的人。

　　犯罪、暴力和战争，从根本上说都是不应该存在的（或者说，是令人反感的）。地球上的人口确实增长得太快了，而这也是不可避免的。所以，人类需要互相认可，无视那些微小的差异，在容忍中共存。

　　我想，如果世界上的每个人都能把时间花在自己的兴趣上，悠闲平静地生活，那么战争也许就会从世界上消失了。要想实现这个目标，前提是要消除贫困。在那之后，如果所有人都成为比如铁道爱好者，把拍摄铁道照片作为自己人生中最重要的追求，那么国家之间的争斗就会退居其次。这应该会成为非常有趣的现象。因为这暗示了比起外交问题，铁道摄影更重要，这种价值观可能就会变成人类的"政治正确"。（以防万一，我还要多说一句，不做铁道爱好者，做昆虫迷也可以。我个人对拍摄铁道照片或采集昆虫之类活动没有丝毫兴趣，也完全无法理解那种行为，但我始终持有不能排斥这些活动的爱好者的信念。）

能让少数群体生存的社会

再举个例子，对把画画作为人生价值的艺术家来说，周围环境的稳定是非常重要的条件。他们不管外界怎样，只在意自己是否会陷入危险。他们只想安心画画，这就是他们最大的愿望。这种人对自己的邻居是什么人、持有怎样的想法毫不关心，只要那个人不会来影响自己就行了。就算所有人都疏远和孤立自己也没有关系，只要能保障最低限度的生活，可以用钱买到东西，在家能收到快递，出门能乘坐公交车就足够了。周围人的目光里有什么含义，都是与自己的绘画生涯无关的。只要能在个人空间、在自己的画室里保证心情愉悦和宁静就足够了。

这是艺术的本来面貌。但是现在，艺术也变成了工作。这是从什么时候开始的呢？历史我不太了解，但我也知道，在过去，艺术的"使用者"（消费者）是一部分王族和贵族，而现在变成了一般大众。所以，如果被社会排斥，画就会卖不出去，这样就会导致生活陷入困顿，进而导致绘画生涯无以为继。只有在这里，孤独是不该被推崇的，人与社会间的联系非常重要。

但是，由于人口基数十分庞大，只要其中有少部分人，比如一万个人里有一个人能够欣赏作品，创作者就能以此维持生计。如今，只要一万个人里有一个人愿意买某部小说，其作者就会被称为"畅销作家"了。

所以，即使住在艺术家周围或同一个镇上的人都不认可他们，只要世界上的某个地方有几个能理解他们的人，他们的生活就能过下去。即使他们在生活的地方是孤独的，也可以生存下去。

他们之所以能够如此，是因为"无论多不受欢迎的人都享有人权"的法律常识在支配社会。可以说，正是得益于"不能歧视"这一规则，社会中的其他人不能不允许他们贩卖商品，也不能不允许他们乘坐公交车。也就是说，他们即使出于某种原因遭到了周围人的厌恶，也不会遭受暴力，或被剥夺生存下去的手段。我们如今的社会已经和过去的不同了，有些人即使在社会常识方面有所欠缺，也能毫无障碍地生存下去。

"饥饿精神"

从艺术家的角度说，这种孤独的环境很多时候是一种安静的、能让他们埋头于自己的世界里的很好的条件。他们不用陪同什么人出席宴会，不需要给自己毫无兴趣的庆祝活动帮忙，也不必把时间浪费在毫无意义的闲聊中。

这种孤独还有其他效果。被周围人疏远的情况当然不会令人愉快，很多时候可能让人感到不满或愤怒。但是，这种不满会变成一种"饥饿精神"，有可能成为艺术创作的原动力。我有不少艺术家朋友，听过许多这样的故事。他们怀有一种"之前不是看不起我吗，给你们点儿颜色瞧瞧"

的心态。该怎么解读这种心态呢？应该是一种在自己擅长的领域里登峰造极后期待世人刮目相看的愿望。

这种饥饿精神，实际上并非热爱孤独的少数派所需，而是害怕孤独的多数派才会渴求的。真正的孤独爱好者，原本就没有让大家都认可自己的愿望，反倒是创造出能被自己认可的作品的动机更强烈。

是恐孤独派，还是爱孤独派

我在前文中描绘了恐孤独派和爱孤独派的区别，仿佛把人类分成了两个派别似的。这仅仅是因为我只观察到了这两种类型，只是恰好某一时刻、某个人的行为或语言符合其中某一类罢了。而实际上，一个人身上兼具这两种倾向，其比例也并不是固定的，而是像仪表指针一样始终在摆动。完全偏离某一端的情况是很少见的。更常见的情况是，按照一般人的平均值，判断出稍微偏向哪一端的人多一些，由此进行暂时性的分类。这样说来，恐孤独派应该会在数量上占据压倒性的优势。我想，恐怕有 90% 以上的人是恐孤独派。但是，也可以想象，如果把那些能够喜欢极轻度的孤独的人囊括进来，那么也许一半甚至更多的人具有爱孤独派的潜质。

假如人类是一种并不会深度思考的动物，恐怕就会形成像成群结队的猴子一样的社会。合作是必需的，群体之间会争夺领地，获胜的一方进行统治，失败的一方也许会逃走，也许会屈从。如果是在这样的社会里，即使存在大家可以共同游乐的祭典一样的活动，也很难产生通过个体的创作和艺术发展出来的文化，很难发展出科学和技术。

正如文化是基于个人活动，即个体创作而产生的，科学和技术的发展在很大程度上同样要建立在个体创想的基础上。或许"很大程度上"都不够确切，应该说科学和技术"基本上全部"靠这一基础才得以发展。只要回顾历史，就能发现这一点。

一切都源于个体的创想

构想新事物的行为只能在个体头脑中产生，无法获得他人的助力。很多情况下，许多人一起开动脑筋，忽然其中的某个人有了一个想法，于是他/她的想法就成了为大家做出的贡献。很重的行李一个人抬不动，两个人合力也许就能抬起来。但是，当发挥想象力、寻找好点子的时候，只有一个人能想到。当很多人一起开动脑筋时，这群人中有一个能想出好点子的概率会提高，但想出好点子并非必须两个以上的人合力而一个人无法实现的事情。

不仅如此，在思考时，独处反而更好。也就是在安静的场所，集中精神，仅动用自己的大脑。最初的创想就是从这种孤独之中诞生的。

如果没有大量的人力来合作，巨大的建筑物是无法建成的。但无论是建造什么样的建筑，做出设计的却只有一个人。那位建筑师进行创想，决定大致的形状，并将前进的方向全部定下来。之后，若干工作人员会将其绘制成图纸，又有一些工作人员对细节进行对照和修改，对初稿进行完善。在那之后，许许多多的人才会按照画好的图纸开始施工。如果从一开始就有许多人参与，那么不仅会出现不协调，甚至可能发生矛盾或无法配合的情况，造成"艄公多，撑翻船"的局面。

请想一想，不管是哪种作品，通常作者只有一个人。虽然有合著这种例外，但那也是做好分工后出色执行的结果，而最初的想法一定是其中一个人的，也一定有一方占据主导地位。公司只会有一位首席执行官，国家也只会有一位元首。一般某某"长"这种职位都只有一个人。虽然在做决定前需要多人提出意见，但做决定的只会是权力最大的一个人。做决定的如果不是只有一人，就会出现无法决断的情况。

如果一切都可以用少数服从多数来决定的话，那么某某"长"是否就没必要存在了呢？他们不是仅仅作为象征存在的人物，"长"是有明确权限的职务。这种地位的人可以说是没有伙伴的，他们坐在孤独的位置上。因为我几乎没有坐那个位置的经验，所以这些都是我的想象（我一直都尽量避免做某某"长"，现在想一想，我会喜欢孤独还挺不可思议的，这可能是我对协调大量人员的麻烦义务避之不及的心态导致的）。

孤独中的产物

人能在孤独中创造出的东西，多到令人意想不到。这种独自进行的活动基本上都是由大脑来完成的。而用身体进行的工作，一般可以多人合作。

比如，我从我的专业漫画家朋友那里了解到，首先需要确定剧情和版面分割（有人会称其为"分镜"或"镜头"）。这是最辛苦的工作，类似建筑领域里的设计部分，与画设计图的过程是一样的。在这一阶段，漫画家会闭关独自进行这项工作。完成分镜之后（在这个节点，漫画家经常会和编辑进行讨论），就可以正式开始绘画工作了。到了这一阶段，漫画家便能把工作分配给几名被称为"助手"的人，而最终完成的作品只会署漫画家一人的名字。

遗憾的是，小说的创作过程中没有这种多人一起快乐完成工作的机制，自始至终只有一个人。虽然理论上小说家可以像漫画那样把分镜写出来，再把接下来的工作交给助手，但这在实际操作中是不可能实现的。因为对故事发展的设计会在写作过程中不断更新，而且文章表达上的细微之处、人物的台词等细节都会体现出作家本人的个性。

漫画中同样会有一些独属于创作者本人的细节，也有专业漫画家从开头到结尾全部独自完成（我就认识这样的漫画家），但大多数人之所以不这样做，是因为漫画的绘制过程中有一些相较下无论是谁画都没有太大差别的背景（风景等）和不需要思考的机械工作（填充色块、贴网点等），而要提高这些工作的效率，跟上连载的速度，还是要靠拼人头。另外，比起小说家来，漫画家中有很多人发表作品时年纪尚轻，因此在描绘分镜时，需要编辑负责检查，提出一些要求。而在小说中，这种机会只在稿件完成并全部打印出来做检查（被称为"编辑校对"）时才会有。因为一般文字修改起来相对简单，所以在初稿完成后再进行这一步也没问题。

从这许许多多的事例中，你应该能明白独自完成工作有多么重要了。我之所以举了小说、漫画和建筑的例子，是因为我恰好认识很多这些领域的朋友，我想任何工作（尤其是那些有创意的工作）都应该和这些例子的情况差不多，或者说都应该与其有相似之处。

学校这一集体

孩子只要进入学校，就必须进行集体活动。要想在社会上生存下去，就得与周围人的步调一致，抑制自己随心所欲的行为，必须小心谨慎，不能给其他人带去麻烦。因此，集体生活是一种重要的教育方式。

但是，集体行动对研究学问来说并无必要。因为知识的记忆和练习等原本就是个人活动。体育和音乐中有一些必须多人协作才能完成的内容，但其他领域都是以独自完成为前提条件的。只不过，其他人在思考些什么，能力如何等问题，都需要通过集体活动来学习，仅此而已（虽然我写了"仅此而已"，但这实际上是非常重要的学习内容）。

我上小学的时候，教室里的书桌是两个人共用一张的——在一张长桌后面并排放着两把椅子。等我上了初中，书桌变成了一人一张，我还有点儿吃惊。现在，似乎有更多小学也在使用一人一张的书桌了。由此可见，学习本质上还是一件要独自完成的事。社会把大量的学生集中到学校里，主要还是出于对效率的考虑。如果进行一对一授课，需要的教师数量就太多了，所以才出现了学校这种组织。

而在西方，学校就源于军队，也是教学生们进行集体行动的地方，后来才被原封不动地用作教授知识的场所。

如果有大量的教师，那么他们就可以像家庭教师那样到学生家中授课。如果网络和摄像头足够普及，那么现在就能实现在家授课。这样一来，社会便不再需要学校这类组织，也不再需要占用土地，也就不会再发生霸凌现象，也更能针对学生的水平进行更加精细化的教育了吧？这样不仅非常节能，更重要的是非常安全。但是，因为通过这种方式教学无法教给学生关于集体的知识，肯定会有很多人反对，认为这种孤独的体验有违学校的职责。

实际上，我完全不这样想。今后，不仅限于教育，整个社会可能也会朝这个方向发展。公司也是一样，以后雇员可能没有必要去公司办公了。这样一想，将来集体教育的必要性，确实应该会比现在小。只不过，我想象了一下，大概还需要很多年（也许数十年）才能实现。

学校是个令人开心的地方吗

　　几乎所有父母都希望自己的孩子能够很好地融入集体，因为他们知道，这是孩子们在成长过程中必须习得的能让他们将来在社会上生存下去的重要技能。孩子说起朋友时，父母会很开心。父母看到孩子能跟朋友融洽相处才会放心，否则就会担心孩子是不是被集体孤立了。如果孩子说不喜欢学校，那么父母会相当震惊。

　　现在的孩子们可能会为了不让父母担心，告诉父母上学很开心，自己交到了朋友。这个年纪的孩子对"让父母高兴是好孩子的职责"这一点已经理解得非常充分了。他们夸大其词或干脆编故事，即便说谎，也想让父母高兴。

　　请思考一下，学校真是一个那么令人开心的地方吗？交到朋友是一种怎样的情况呢？我见过很多次亲子之间用随便几句话来交流的场景。一年级的时候，一切都是新鲜的，能遇到不少有趣的东西。但升到高年级以后，学习好的孩子和学习跟不上的孩子之间就会出现差距。对后者来说，不得不接受考试，把打了分的试卷带回家；就算想玩也要忍住，必须写作业；如果遇到了什么失败，就会在大家面前丢脸或受到批评；如果不擅长运动，他们还会在体育课上感到煎熬；他们还要忍受学习自己不擅长的科目的那些时间。总之，对这样的孩子来说，学校是个无法逃离、没有自由的地方。

尽管父母告诉孩子们，上学是一件令人开心的事，但是孩子们也逐渐明白，学校并不是一个令人开心的地方。且不提那些觉得父母在骗自己的孩子，另外还有很多孩子会逐渐认为，这一切的问题出在自己身上，是自身的什么缺陷导致了自己无法享受校园生活。

教师们绞尽脑汁，想让孩子们快乐地学习；就连电视节目都把学习描绘成一项在轻松有趣的气氛中进行的活动来引导孩子们的兴趣，诸如"快乐数学""有趣的理科"等名称层出不穷。但是无论如何，本质上枯燥的东西就是枯燥的。

很少有人会告诉我们：实际上，学习就是一件痛苦的事；即便如此，我们也必须忍耐痛苦。这样一来，我们今后才能受益。

也就是说，在对"学习是快乐的"概念的过度推崇中，暗含着孩子们对"不快乐"的极度恐惧。这与人们对待孤独的情况完全相同。就像对孤独感到烦恼一样，许多孩子都不愿意上学。实际上，"无论如何我都无法享受上学这件事"才是正常的反应。

为什么要用轻松的语言美化一件并不美好的事呢？我希望成人们重新思考一下，向孩子们展示学习真正的样子。

对快乐家庭氛围的幻想

不仅在学校，在家庭之中我也经常感觉到，家长为了不让孩子感到孤独，采取了很多措施。他们抱有一种对"快乐家庭氛围"的幻想，相信毫无保留、开诚布公的亲子关系是最好的，并把这种价值观强加给孩子。

世界上有各种类型的人。即便是亲生父母与子女，也可能分属不同类型。他们的成长环境不同，所处时代也不同。有的父母强制孩子表现得开朗，但可能就有某些孩子不愿听从，因此被斥责说"不要阴沉沉的"。

我在文章中写过很多次：我非常喜欢性情沉稳的人，反倒是开朗的人经常令我厌烦。我不明白性情沉稳有什么不好。我有两个孩子（准确地说，养育他们的是我妻子）。如果他们因为某件事而高兴得欢呼雀跃，我就会责备他们，让他们安静下来。我不知道这种教育是否真的有效，但两个孩子都养成了沉稳的性格。当然，他们的沉稳可能是故意在我面前表现的，但我想，这对他们在社会上生存是有好处的。我不认为教育可以改变性格，只是他们明白了应该在什么人面前表现出什么样子。我们都具备根据不同的交往对象而采取不同表现方式的能力。

我们不仅要求别人性格开朗，还会要求房间敞亮。日本的住宅整体上过于明亮了，甚至会让我疑惑，房间内灯火通明有什么值得开心的？白天，阳光通过朝南的巨大窗户射进来；夜晚，天花板上也装备了能将各个角落照亮的照明设备。但善于烘托气氛的餐厅和酒店内部并不是处处明亮的，这反而营造了一种高级感。读书时，灯只要把手边照亮就足够了。很多人会不假思索地认为明亮是件好事，我只能认为他们是被这样的话洗脑了：如果房间明亮，心情就会变好。

在家中设置儿童房的目的原本就是为了让孩子独处。随着孩子年龄的增长，给孩子们一些独自安静待着的时间比较好。我认为等孩子上了中学，周末时家长可以偶尔让孩子看家，自己出门游玩。日本的家庭过于强调一家人一起出门的重要性，以至于很多家长坚信让孩子一直待在自己眼皮底下就是好的。

也有很多家长会把自己的兴趣强加给孩子。这样的家长希望孩子和自己走上同一条兴趣之路。在我看来，这是不可思议的事。如果想让自己的孩子这样做，那么这些家长首先得做到跟自己的父母兴趣一致，向自己的父母尽到孝心吧？有些家长明明自己做不到，却要求孩子做到。

当然，这与孩子本身的性格也有关系。但是，我经常会想，父母在孩子升至小学高年级以后，适当地让他们感受一下某种程度的孤独，对他们的情商教育是有好处的。

无论多么亲密的人之间都需要礼仪，无论多么相爱的人之间都有不想对彼此完全敞开的领域，这些道理是非常重要的。有些人可能会认为，家人或亲子之间不应该有任何隐私，但聪明人会对这种话一笑置之。我根本不赞同这种观点。我认为通过认真思考和选择，自主决定让对方知道哪些东西，确定信息要共享到什么程度，才算真正为彼此考虑。

人生如荡秋千

通过以上内容，我们应该更明白，孤独并非只有消极的一面，反倒是人类的必需品。请回想一下，上一章中提到的快乐和寂寞曲线。实际上，这种波动是不可或缺的，时而快乐、时而寂寞是一种健康的状态，不能说哪种更好或更坏。如果一方消失了，那么另一方也会随之消失，世界就会变成一潭死水，就如同心脏停止跳动，可说是死后的世界了。人死后就既没有快乐也没有寂寞，什么都感觉不到了。既然无论是谁都会迎来那一天，那就趁活着的时候多加感受吧。

正如荡秋千，向前是快乐，向后是寂寞，人生就是在反复摆动中度过的。而重要的是，被放大的既不会只有快乐，也不会只有痛苦，这是波形的基础。只不过，人类只能主观地判断自己的心理状态，因为不知道秋千摆动轨迹的中心点到底在哪里，所以才会错误地感到自己始终沉浸在孤独中。反之，也有人觉得自己一直非常快乐。而实际上他们的振幅都是相同的，只是各自感觉不同罢了。

如果想获得更强烈的快乐而更用力地荡秋千，就会荡到更高的位置，这时也会感受到更强烈的孤独。就我的观察而言，那些害怕孤独，为了避免孤独而强求热闹的人不懂得借助荡秋千的力量，而是一味朝一个方向，即向快乐走去，从而陷入了一种苦苦挣扎的状态。这种人的秋千几乎处于停止状态，因此他们可能不会有多大的孤独感，但他们也永远无法获得他们憧憬的那种快乐。

反之，热爱孤独、享受寂寞的人尽管没有非常渴望快乐，强烈的快乐也会自然而然地降临。虽然他们会对这种热闹不太习惯，但其周围会自然而然地聚集起朋友来。他们获得的也可能不是那种具体的热闹，比如独自登山的时候，他们可能会因偶然遇到的高山植物而感动，或因为眼前的美景而感动得热泪盈眶。这种感动便是巨大的快乐。仅仅是品尝这些，就可以感受到人生的价值。即便如此，他们在那之后还是会立刻回到自己一个人的孤独世界里，让秋千越荡越高。

用文字明确地表述，便是：害怕孤独的人，不知道孤独是多么令人开心的事情。我认为害怕孤独的人不仅失去了一半人生，也使秋千摆动的幅度变小，永远无法进入真正的快乐状态。

正因在爱中，才感到孤独

虽说人们对这种孤独的美好是随着年龄增长一点一点理解的，但是也有些人即便年龄增长，还是会被热闹的浮华诱惑，沉迷于自己并不需要的交友活动中。这样的人也许只有在醉酒时才会找到快乐。醉酒的人会莫名地感受到一种被亲近之人包围的气氛，而只要付出金钱，就可以制造出类似的气氛；付出更多金钱，甚至真的会有人围上来。但这些结果的根源都是他们感受到了孤独。在感到孤独的时候，不要被击倒，而要转变心态，想着"这种孤独中有我想追求的东西"。

年轻人通常都会被热闹诱惑，而要是有年轻人对孤独表达了向往，同伴就会认为这种论调老气横秋，甚至会排挤向往孤独的人。在年轻人群体中，成员之间彼此会感到亲近，有时仅仅是因为大家一样年轻而已，就像滚在一起玩耍的幼犬一样，有种在生理上彼此接纳的倾向。但有志向的年轻人还是会寻找能理解自己的人，希望自己被认可，想找到人生道路上的伙伴。就算没有很多人也无所谓，只要有一个人在自己身边就可以了。

这确实是有一定道理的。人们似乎普遍认为，只要找到一个伙伴，那么即使两个人一起被其他人孤立也没关系。他们想象着，即便这世界上群敌环伺，只要两个人能够保有自己的一方天地就足够了。虽然这是用"两个人"代替了"自己"后产生的感觉，但这依然是一个人脑中的想法。对这种二人世界中的一个人来说，虽然对方和自己并肩走到现在，但是两个人不可能真的成为一个人，自己永远也不可能知道对方内心深处的想法，只能相信对方说出来的话，而人们就连自己的想法都可能理不清。现在深爱着彼此的两个人，也有极大的可能会在某一天分道扬镳。而那些说着我们绝对不会有那一天的人，也一样有分手的。

两个人即便是相爱的，也经常会感到孤独。稍有摩擦，就一定会感受到前所未有的巨大孤独——这也符合秋千理论，毕竟向前荡起得越高，爱情的快乐越大，向后荡回时感受到的孤独就越强。由此，我脑海里不由得涌出一个段子来：要想品尝真正的孤独，就去追寻真爱吧。

将孤独变为美的方法

歌颂爱情的歌曲有许许多多，听这些歌的人也有千千万万，反而主题无关爱情的歌曲应该是少数派。而在那些关于爱情的歌曲中，是歌唱快乐爱情的多，还是歌唱悲伤爱情（破裂的爱、失去的爱）的多？我想，不用数也知道是后者。恐怕这种内容的歌曲才更受欢迎，能打动更多人的心灵。

不仅是音乐，影视剧中应该也极少会有一帆风顺的爱情。就算最终结局是美满的，过程中也会有不少悲伤、分离的情节。与歌曲的情况相同，那些才是观众希望看到的。

而同样，对创作者来说，比起快乐，应该说还是悲伤的境遇更容易为作品提供土壤。请想象一下，假如你是创作者，在与伴侣享受甜蜜日常的时候，是否就不会产生创作的欲望了？但在吵架或分手等情况下感受到孤独时，因为受到了打击，你的心里就会涌起想将那种悲伤情绪倾注到作品里的冲动。

许多创作者应该都是回忆着过去的孤独来进行创作的。

即便他们现在生活幸福，过去也曾品味过孤独，比如与爱的人分手或与亲密的人永别。他们正是让这种失去的感受从记忆里复苏，一边让自己沉浸在那种孤独感之中，一边进行创作的。而完全不知孤独为何物的人就无法进行这种创作。从别人的作品中得来的对孤独的虚拟体验就像谎言一样，没有充足的细节，难免会有生搬硬套、落入窠臼之嫌。

也就是说，令人产生创作欲望的其实还是孤独。从这个角度看，孤独是具有生产力的。对以创作为生的职业创作者而言，孤独就是金钱。因此，可以说孤独具有金钱上的价值。

艺术就是将人们最丑陋、最虚无、最悲伤的那些消极感受转变为正能量的行为。就算会遗忘那些消极感受，我们也毫无损失。如果你现在正处于无法忍受的无尽孤独的深渊，那么请你画一幅画，作一首诗，请一定要尝试一下此类创作。对孤独者来说，赏画、读诗等被动进行的活动并不会有什么效果，甚至会使孤独感愈加强烈。但是，如果你在创作这一行为上花费一定的时间，那么你内心一定会有一部分情绪得到升华。如果你在创作方面稍稍拥有一点"才能"，那么无论是哪一种创作，请你一定要尝试，绘画、诗歌、音乐或表演都可以。这些艺术形式都具有这样的功能。

恐怕会有人说，我是与艺术无缘的那类人，用不了这种方法。但是现在还有这种人吗？我想说，你可能只是还没有意识到自己的潜能。

这样表述也许不够恰当：有一部分艺术家，将自己的不幸作为骄傲的资本。无论如何，他们都会给旁观者这样的感觉。但是，一定会有少数人被他们的创作感动。艺术并不是会被所有人接受的事物，它不是娱乐。在创作的过程中，至少作者获得了拯救。当然，自杀的艺术家也有很多，因此这种拯救也许也是有限度的。

为孤独节食

在此，我想对本章内容进行总结。对人类来说，孤独是一种非常有价值的状态。它并不与人类屈指可数的那几种本能的、动物性的欲求直接相关，而是人类独有的高尚的感受。虽然即便不知孤独为何物，人类也能生存下去，但那种状态是否可以被极端地称为"像动物一样，而非作为人而活"？孤独，就是这样一种生而为人才会拥有的特权。

因此，将这珍贵的孤独拒之门外、弃若敝屣，就等同于放弃了人性。

人之本能中，排在首位的当数"食"，即食欲。食欲也具有在饱腹与饥饿之间摇摆的波动。请想象一下，最容易感到食物美味的，大多是饥饿的时候吧？饥饿即意味着生存面临危机，但如果能稍微忍耐饥饿，少吃一点儿，却又能使身体更健康。节食是专属于人类的行为。那种想要成就某事的贪婪的上进心，也被称为"饥饿精神"。

现代人过于期望与他人建立紧密的联系，而且为建立这种联系付出了很大的努力。这是受到将人际关系作为商品贩售的商业行为引导的结果。付出金钱能得到联系和付出金钱就能继续吃饭的原理是一样的，是因为人们脑中被灌输了"饥饿不正常"的观念，所以他们不得不一直吃下去。可以说，现代人都得了一种"羁绊肥胖症"。

我们应该也能感觉到，这种联系过密的"肥胖症"成了阻碍我们思考和行动的原因。就像偶尔通过节食的方式来瘦身对健康有好处一样，偶尔品尝孤独感对健康也有好处——我们的思考和行动都会变得更为轻盈。

如渴求食物一般渴求快乐的状态就是孤独。因此，为了得到快乐，内心中源源不断喷涌而出的向上的创造力也是自然规律的体现。

第四章

孤独中诞生的美

人类工作的变迁

前一章讨论了为何孤独对人类非常重要，主要指出了孤独可以成为创作的动机。本章将进一步讨论孤独这种创作动机为何会带来积极影响。

在这之前，我想先声明一点。在我的想象之中，可能大部分普通人并没有意识到"创作"这一行为的重要性。可以想象一个普通的商务人士，在他每天的常规工作中，能被称为"创作"的东西应该不多。很多人因此就会觉得艺术和自己没什么关系，同样也可能会武断地得出孤独对自己没什么用处的结论。而我想先把这句话写在这里：并非如此。

回顾历史，在很长一段时间里，人类的大部分工作都是体力劳动，而这类工作的比重随着机械的发展得以降低。随后，人类的大部分工作变成了事务性工作，但这类工作的比重也随着数字科技的发展在逐渐减少。在这种大趋势下，留给人们的工作就朝着调整人与人之间关系的方向转移了。这比较接近通过开会对个体意见进行整合，或是确定战略方向等企业管理层一类的工作。但是，这类工作并不需要大量人力，而是少数精英通过脑力进行的。因此，现阶段在与生产制造相关的行业中，总体而言，工作岗位是在减少的，而且这种情况可能还会进一步发展。

没有工作的人（也可以说是失业者）自然是在增加的。但是，即便失业人口增加，只要生产仍在进行，社会整体还是会变得更富裕，甚至可以极端地说，社会在逐渐接近一切都可以交给机器完成，而人类可以尽情享乐的状态。因此，即使没有工作的人增加了，这种情况也可以被视为自然的发展趋势。只要生产力不下降，那些不工作（或不能工作）的人就可以被照顾到。这就是所谓的"社会保障"。

但是，人类如果只一味享乐，是很难获得充实感的。自己对社会有价值的感受会让我们感到充实，是我们希望获得的。正是这种动机导致了人类为其他人提供服务的工种的诞生，其中就包括传播信息的工作、娱乐大众的文艺工作和体育工作。这一领域内的工作代替了一部分体力劳动和事务性工作，其比重在逐渐增加。

与衣食住相关的物品的生产对人类生存来说不可或缺，但这些通过新形式获取的信息或娱乐却不是不能舍弃的，它们在过去甚至不存在。大众在变得富裕之后，才逐渐能将钱用于这些商品的消费，而这些服务也逐渐变得便宜，从而进入普通人的消费能力范围。

虽然新闻报道和体育运动算不上创作，但文艺工作的基础是艺术，基本上是在贩售个人创作产生的价值。这其中虽然也有很多像电影、动画那样必须多人合作的产物，但这些作品的起点还是个人的创意、想法及想象。

除此之外，还有休闲产业。虽然它们出售的商品是可供人类享乐的环境，但其中创造性的商业概念也带来了新的价值。比如，要想通过发展伊势神宫观光来赚钱，仅凭伊势神宫本身是非常困难的。但是，可以把工作内容变为创作与伊势神宫相关的形象，考虑的不是如何贩卖实体，而是如何贩卖形象。现在，制造业已经发展得非常成熟，普通产品在技术层面已经达到难以明显分出优劣的程度了。因此，如何创作出具有附加价值的形象，就变得尤为重要。

总体而言，体力劳动和需要通过脑力处理的工作已经变得不必要了。现在人类的工作正在转变为由头脑进行创意的工作。创造性的活动在人类工作中的比例今后应该还会继续增加。

因此，我们今后也可以对那些觉得自己与艺术无缘的人说，别小瞧艺术，说不定以后你也要靠艺术谋生。对那些年龄尚轻，还要工作几十年的人来说更是如此。

侘寂的文化

那么，说孤独是创作中不可或缺的因素，理由是什么呢？

我感觉，即使在经验层面上明白了，想用科学来证明这个理由也是很难的。我不清楚这属于脑科学还是心理学的范畴，我只能确定人类的头脑中存在这样的倾向。

这种倾向从过去起就很明显。诸多形式的艺术大部分都与宗教有很深的联系。原因除了宗教需要利用艺术产生感动之外，更重要的一点是人们想从神秘事物之中寻求更为崇高的美。这种神秘根本上源自个人的主观意识，遇到不知为何触动自己心弦的事物时，人们就会感觉那是神明力量在起作用。此外，想要逃离孤独，也需要借助神的力量。也就是说，人类对宗教的需求，一部分是孤独感引起的。

日本自古以来就有侘寂的文化。日本人从寂寞中发现美的敏锐洞察力可见一斑。在西方，这种文化，尤其是从悲悯之心中发现美的文化，没能成为主流；而即便在东方，在中国或朝鲜半岛，也少见对这种感受的推崇。在日本文化中，古老的事物是美的，飘零的落叶也是美的。在逐渐腐朽的事物中，日本人看到的并不只是哀愁，还有其中至高无上的美的精神。

无论在西方国家还是在中国，对古建筑的修缮都致力于还原当时建筑物的建造状态，但在日本几乎不是这样的。可能京都的金阁寺和日光的东照宫是例外，但总的来说，日本人喜爱的是古旧的风情。比起闪闪发光的金箔原色，日本人更钟爱金箔剥落、褪色后的色调。这应该也是受到了侘寂文化的影响。与金阁寺遥相呼应的银阁寺就是一个具象化的写照，且其并非由银箔装饰而成（此外，正因有金阁寺存在，银阁寺才会出现，这使我联想到前文中的正弦曲线）。

人们从这种一目了然就能看出孤独色彩的对象身上，能够发现美，而这种发现精神，是如何产生的呢？

过程其实是反的。人们首先意识到："感受孤独的心灵本身就是一种美。"也就是说，追求孤独的态度就已经是美的了。将目光投向古旧之物，将目光停留在腐朽之物上，这种意图本身就是寻找美的心态。这也体现了一种反骨：并非只有豪华绚丽、光彩夺目的美才是美。可以说，这是寻求更高层次的美的精神到达了极致。

发现美的意识

古旧之物并不属于自然。自然本身无所谓新旧，而是常变常新的。你现在看到的自然，已经完全不是百年之前的自然了。"古旧"只是对人类造物的形容。同时，它们是现已不存于世的过去的人类创造，会使我们注意到，就算人已消逝，物的价值仍然留存，也会提醒我们，人生短暂。

人终有一死。死亡可算是终极的孤独了。人们会通过孤独联想到死亡。一旦死去，就再也不能与人交谈和见面了。死者独自被永远隔绝在这个世界之外，什么都见不到，也不会有人承认自己的存在。但谁都无法逃避那一天的到来，无论如何抗拒，死神终将降临。

而解决这一人类最大难题的唯一方法，是不要将目光移开，而要直视它，看到它蕴藏的美。

　　所谓"艺术"，就是将最大的不幸变为有价值之物。在死亡中发现美，可算是这种逆转的极致体现。

　　请思考一下：和许多朋友吵吵闹闹，喝着酒又唱又跳的时候，你能邂逅什么样的美呢？也许会在半路上遇到个令你心动的异性，而发生这种事的概率恐怕也不会太高。相反，在远离聚会喧嚣的地方，一位独坐在吧台另一端昏暗处的异性忽然闯入视线，这样的人看起来会更美一些吧。这个例子是我随意举的，也许不够贴切，充其量是小说家人造的美罢了。

　　相比之下，独自一人行走在夕阳西下的乡间小路，或费尽千辛万苦终于抵达了山顶，或用望远镜望向一片静默、澄澈的夜空时，在那片寂寞和宁静之中，发现那种难得一见的美的机会将大大增加。我想，不明白这些的人，可能从未见过真正的美，也没有一双能够发现美的眼睛。这大概是那些只会在聚会中追逐异性的人一辈子也无法理解的。当然，那种人生也很好。但是，人毫无例外都是会变老的，都会意识到那种人生的虚无，都会发现终极的美，只是时间问题罢了。

奇怪的是，能从风景中看到美的，几乎大多是上了年纪的人，而年轻人大多对风景没什么兴趣。尤其是孩子，即便去看红叶，也会觉得没有意思。大人说："哇，好美啊，你看，是不是很美啊？"孩子们也不过会无奈地附和一下，只为扮演一个"好孩子"罢了。

老年人能从风景中看到美，恐怕也是因为感到自己时日无多，产生了"这种美景我还能再看到几次呢"的念头。有了这种多愁善感的情绪滤镜，风景看起来才会美。在虚无之处看到美的能力，是从人生的虚幻无常之中诞生的。

在成熟与洗练中诞生的美

这种自然、简单、质朴之美的创造者，是因为具备成熟的心态。很多人在年轻时认为美等同于豪华绚烂、镶嵌金银宝石的装饰，于是争相进行过度的装饰。无论在西方还是东方，在建筑、时尚和工艺品中都能看到这样的倾向。这种豪华的美，对所有人都是一目了然的。道理就是，装饰越多越精细就越费功夫。换句话说，耗费的金钱越多就越高级。衡量标准就如此简单。最终，这种情况不断升级，变得冗余、堆砌、过犹不及，反而显得丑陋。

如此一来，人们应该会思考，美究竟是什么呢？就是费功夫、花钱、做装饰吗？那些东西真能体现出美吗？

对这一问题的反思，使"简单、不加装饰才是美"这种颠覆性想法得以诞生。比如说，在建筑中，将混凝土暴露出来的原浆面混凝土广受欢迎。此外，还诞生了"构造美"一词，力图从力学角度毫无遮掩地展现匀称的造型与骨架。某段时间，甚至出现了一种名叫"骨架"，即能看到物品内部构造的设计。从不装饰开始，到不覆盖为止，就连表面上覆盖的一层都被剥去了，仿佛经历了漫长的时间。金箔和涂装都剥落了，经过风化与腐蚀，内部的基底与本体显露出来。这与从古物中看见美的审美情趣是相通的，体现了一种反思：花哨的涂装并不是美，倒不如说是遮盖了本色之美的障碍。

很多现代人都具备这种审美情趣。不只日本人，西方国家的人也开始崇尚质朴之美。过去人们欣赏精确描绘细节的画作，随后又开始推崇印象派的朦胧，其后潮流又朝着更为简单的现代绘画转变。女性时尚也是如此，日本曾经的十二单¹或古典的礼服也都不再流行了。在这个时代，过度的宝石装饰反倒会被视为恶俗。

现代之美，在过去那些把装饰当作美的人眼里，很明显具有孤独色彩。他们肯定很难理解，如今的人们为何会喜欢那种清寂之物。像这样不了解孤独和寂寞价值的人，也可以说是被那种旧思想束缚了。

从"热闹"到"孤独"的转变，也是一种洗练的过程。进一步推动其发展，就会变为"成熟"，也就是现在人们常说的"成熟的美"。

从肉体到精神

当然，我并不是要否定华丽装饰的美和热闹带来的快乐。我强调的是，经历过并沉淀后感受到的孤独具有很高的价值，就如同我们都是经历了孩提与青年时代后才会成

---

¹ 日本传统女性服饰，一般由 5 ～ 12 件衣服组合而成。——译者注

长为大人。

从童年就开始喜爱孤独是有违自然的，夸张地说甚至是异常的。孩子就该吵吵闹闹，就该喜欢热闹。但是，他们会逐渐变得沉静，在成长以后变得成熟、温和。

寂静之中诞生的美，是着力点从肉体转变为精神的结果。费时费力装饰出的美，不过是人类的"劳动"创造出的造型；需要耗费大量财力创造的美也是一样的。金钱是驱使人类行动的力量，国王派遣大量仆役制造出装饰品的过程就体现了这一点。而高级的技术——难以被简单复制的技术，源于对稀有、难以大批制造的作品的追求。因此，衡量这些的尺度是人类的劳动，也就是肉体创造的价值。与之相对的，洗练的美并不是动手制作出的装饰，二者间的区别可以参考精细描绘出的油画和写意的水墨画。衡量物品价值的标准并不是依据生产物品的必要劳动时间，而是其中蕴含的精神的深邃程度。在那些一动不动地静静伫立着、集中精神思考的孤独寂寞的时间里，肉体并没有任何动作，只是静静地等待着心中有什么涌现。在那段冥想般的时间里，创作者忽然间捕获了脑海里一闪而过的灵感，于是挥毫泼墨、笔走龙蛇。那种气势和质朴足以使观者震惊：这世上还有这样的美吗？

肉体的活动是年轻人更擅长的，但精神的深度还是以生活过的时间为养分的。人们就在这里寻求着人类自身的"洗练"。当青春逝去、体力衰退，人会一步一步走向衰亡。即使在这一过程中，也应该保留作为人的尊严和作为人的美。这样的哲思必定是静水流深的。

聚集与联系的虚无

在此，我已经没有想要论述的了。总而言之，正如我客观地观察到的现象所表现的，有些事物是从孤独的状态中诞生的。我认为其实质是，在发现美的过程中，人的精神是渴求孤独的。

人类拥有发现美的欲求。这种欲求超越了动物性的欲望，体现了真正的人性，是专属于人类的。换句话说，就是一种希望自己进入更高境界的愿望。那是在对生存的基本欲求差不多得到满足后人类才发现的东西，给和平、富裕的社会注入了生机。当人类随着文明进步而构建起一个能让大部分人安定生存的社会后，其下一步的欲求就不得不转向这个方向，否则等待人们的就只剩下怠惰和衰退。也许人们已经在目前获得的局部繁荣中切实地感觉到那种预兆，才找到了那样一条生路。

让我们观察一下，现代社会中的都市生活是如何体现这一点的。从农村走出的人们聚集到一起，形成了大城市。离开故乡这件事本身意味着断绝了与故土的联系，构建起一个只着眼于"现在"的集体。在东京，有大量的人站在电车门口排队，主动走入同一个密闭空间，周围都是陌生人，几乎是被陌生人包围了。尽管陌生人都在彼此触手可及的距离内，但大家仍然表现出旁若无人的样子，听着音乐、看着书，怡然自得。

住在高级公寓里的人，从高处俯瞰着城市。他们偏爱那种看不清下面行人面孔的高度，他们也不需要和邻居一同往下看，那扇窗户是专属于自己一个人的。城市里的人几乎都是孤独的住客，所以他们需要一些幻想来弥补。他们通过移动通信设备来确认与见不到面的人之间的"联系"，从中找到自己被认可的零星证据。他们希望感到大家并不是分裂的，而是都盯着同一处，这不外乎是因为现实中大家四散在各处罢了。

如果真有亲密的朋友或真正认可自己的人，我们还有必要那样频繁地确认与他们的联系吗？会有必须一直保持联系的不安吗？会需要人际纽带这种令人感到束手束脚的东西吗？很明显，居住在城市中的人对对方是否需要自己没有自信，一举一动都透露出对不安和孤独的恐惧。

我们明明能随时跟相距甚远的人通话，但为什么大家还要挤到一起去呢？为什么要置身于人群之中呢？为什么家人要一直在一起呢？为什么大家都要住在住宅区呢？为什么要一边强调个性，一边还要追逐大多数人追逐的流行呢？

在我看来这些都是不可思议的现象，但人类可能就是这样一种动物。鸟类也会集群，蚂蚁会排起队列。如果去观察一下作为家禽家畜的鸡或羊，大概就会明白它们与城市里的人多么相似了。它们接受饲料喂食，而后产出肉或蛋，偶尔离开群体，就会被狗狂吠，然后慌慌张张地跑回去。它们既被保护着，又被支配着。我们都在别人的影响下活着。

我不是说那种生活方式不好，但也许会有人觉得它令人感到空虚。对这一点的感知是人类这种高级动物独有的能力。

孤独与苦恼的价值

正是孤独让我们感受到那种高级动物才能体会到的空虚。感受不到这一点的人可谓非常迟钝，他们同样缺乏感知美的能力。鸡和羊都是无法感知美的，而正因为它们感知不到，才可以安稳地生活下去。日复一日的重复并没有什么不好，只要意识不到这种单调，就可以一无所知地度过一生。我们又有什么理由说这样是不幸的呢？

但是，一旦知道了美为何物，我们无论如何都要解决这种独属于人类个体的烦恼。

我在前文中基本都在论述这种类似烦恼的感觉对人类有多么重要，这似乎有悖常识。但实际上，原因与理由正好相反。我想说，这种烦恼本身才是人类的价值体现。

要如何应对那种孤独带来的烦恼呢？即使我们知道孤独是人类的价值体现，依然会感到寂寞和痛苦，依然想要得到救赎。对此，我有这样一个答案：通过人类特有的活动去消费那种烦恼和痛苦，这就是"孤独可以通过创作得到升华"的含义。

但是，有没有更加具体的方法可以解决孤独的问题呢？我会在下一章中介绍。同时，这些方法也可以使孤独变得美好。

第五章

接纳孤独的方法

试试写诗

接纳孤独，意味着既要避免感到寂寞，又要在心理上适应与接纳孤独的环境。这样说，我们到底该远离孤独还是亲近孤独？这听起来就像佛偈一般令人费解。之所以会产生这种矛盾，是因为"孤独"一词有两种解释：它既描述了被孤立的可怕状态，又体现了适合进行创作的安宁、沉静的氛围。实际上，作为现实的状态，二者并没有太大的不同；存在巨大差别的是对二者的主观认识。因此，我们需要深刻理解孤独的两面性。

所谓的"主观判断"，简单说就是思考问题的角度。因此，当你沉浸在孤独中，感到寂寞和痛苦的时候，你需要想的是"珍贵的孤独就是这样一种感受吗？"。只是这样想想，你也可以笑出来吧？但这种方法的效果仅有一瞬，寂寞的感觉并不会因此消失。

因此，在那之后，就像我之前写过的那样，你可以进入一种创作状态。我认为，最简单的创作方法应该就是写诗了。这没什么可笑的。你的诗不会被任何人看到，所以你可以把那种寂寞的情绪都写进诗里。古诗也好，现代诗也好，写什么都可以。喜欢音乐的人也可以作词。

这样一来，孤独感便可以稍微得到缓解。至少在遣词造句时，在为了写出一首好诗而绞尽脑汁时，你可以感受到些许快乐。而日后重读当时写的诗也是一种很好的体验。你也许会羞红脸，笑出声来，也许会被勾起满腹愁思，落下泪去。

这些方式多多少少能帮你缓和一些痛苦，而且并非借助他人之手，而是让将来的你替现在的你分担痛苦。对现在的你来说，这负担过于沉重，因此，就像贷款一样，写诗能让你将那种情绪推后。创作是具备这种功能的。

但少数情况下，这种方法也会适得其反。拥有这种创作天赋的人能够精确地提炼并放大自己的情绪。那些被称为"天才"的创作者，在这一点上非常明显。当孤独被放大，即使他们推迟感受它的时机，也只会让它变得更大，最终可能让他们不得不选择死亡。那样的天才应该不会读我这本书，我对他们应该产生不了什么影响，而他们自己应该已经对此心如明镜。而天才之外的普通人，则并不需要对此那么在意。我也不是天才，所以完全没有这种问题。以上是我自己尝试过的方法，所以写在这里。

寻找逃生之路

如果有人无论如何也无法进行这些创作，该怎么办呢？

很多人都不擅长创作，这种类型的人陷入孤独时更危险。稍微有些创作经验的人，可以将孤独转换为其他形式；而与创作无缘的人更多的时候或许只能被动地接受一切，作为被动的人生活。他们可能很少会向外发出什么信息。这种类型的人比较重视周围的环境，会把自己置于伙伴之中，也可以说是依赖组织、集体和伙伴为生。当他们由于某种契机而失去了那种环境，或在集体中的地位岌岌可危，那么他们不仅会受到巨大的打击，还将无处可逃，很可能会陷入精神上的危险状态。

刚刚提到的作诗，我认为是谁都可以做的事。那些不能作诗的人只不过是深信自己没有这个能力罢了，是自己断绝了自己的可能性；但是，这种类型的人非常多。他们认为，只要不断地单方面接收信息，就可以好好活下去，他们也以这种方式度过了很长的人生；而输出信息的意识几乎从未在他们的脑海中出现过。

这种只会被动接受信息的人在陷入孤独的时候，就会想象有一个人来救自己于水火之中。他们会下意识地期待别人的救赎。如果没人来救自己，他们就会去寻求对人生问题进行探讨的心理咨询的帮助。这种做法是把他人对自己的拯救放在了自救之前，即把希望有人认可、亲近自己，以此缓解孤独的期待情绪放在了首位。很多时候，寻求对策的意图反倒是次要的。有些人身体不适去看医生时，比起医生开的药，更感兴趣与医生的交谈，主观地认为医生是能够救治自己的个体。这两种情况是非常相似的。在那些涌入医院的老年人中，也有几成是这种情况吧。

　　除了医生以外，富人只要借助金钱，也可以获得其他类似的面向个人的服务。他们甚至可以雇用人来陪伴自己。酒吧里就有从事这种工作的人。除此之外，还有很多类似的例子。只要不断奉上金钱就可以消解孤独，这话在一定程度上是对的，我并不会否定那样的人生。"用钱买来的友情"没什么可鄙视的，无论是食物、休闲还是知识，不都是用钱买来的吗？

孤独是奢侈的吗

既然说到了金钱的话题，就顺便写一写。我们对这种现象并不陌生：有人做生意成功了，出人头地了，收入变多了，也逐渐被之前的伙伴疏远了。在做普通员工的时候，大家都是伙伴，但其中某人一旦升职，就不能再与此前的伙伴，即如今的下属维持伙伴关系了。站在企业高层的人，应该会有很多感到孤独的时刻。我常常听到这样的故事。不过，这也是无可奈何的，因为他们站在给大家下达指令的位置。谁都不愿意做麻烦的工作，但他们却成了给别人增添麻烦事的人。可以说，职位越高、报酬越多，属于职场的快乐就会越少，寂寞和孤独也会相应增加。因此，作为弥补，他们才会得到更高的工资。

随着财富的积累，很多人会遭受他人的嫉妒。在他们刚刚开始打拼时，支持过他们的人也会逐渐疏远他们。从这一方面说，他们确实是孤独的。

对那些无业者而言，还存在着一种贫穷导致的孤独，但这种情况下的孤独并不属于我们此前讨论的孤独的范畴。因为这时，比起消除孤独，吃饭更重要，睡觉更重要，活下去更重要，这些才是需要优先满足的。很多人把贫穷和孤独混为一谈，但实际上大错特错。孤独这一烦恼是在生存得到保障后才会产生的，是更奢侈的。

试试做研究吧

那么，言归正传。除了艺术以外，是否还有其他能够化解孤独的创作手段呢？

研究就符合这一要求。研究虽不算创作，却需要原创性，自然需要某种创想作为原动力。大部分研究都不能在当前的生活中派上用场，所以也很难被认可为"社会需要的东西"。研究活动是能让人感受到孤独的行为。之所以这样说，是因为研究会让人迈入一个其他任何人都不能进入的领域。因此，研究者至少没有拥有同样经历的伙伴。即使是团队共同进行的研究，研究伙伴也会各自分担一部分任务，个人的工作仍然要在孤独之中进行。

研究活动的本质也与获得认可的需求稍有不同。即便有的研究者确实期待获得认可，他们期待的也不过是某天认可会顺其自然地到来。比起这些，推动他们前行的力量更多的是他们自己内心的探究与求索欲。可以说，孤独就是他们进行研究的原动力。

因此，如果想接纳孤独，我们可以去做些研究。研究活动可以帮助我们消解孤独。

我不是建议你去挑战尖端科学或数学之类的领域，研究自己身边的事物就可以了。你可以着眼于尚未被任何人研究过的东西，总结出自己的理论。最重要的是，不要去模仿别人。读书虽然很好，但学习并不是研究。在学习阶段，即信息收集阶段，创意是不存在的。这个阶段是在为做研究收集资料，仍然属于准备阶段，是开始做研究之前的准备行为。在这一阶段，谁也不会感到孤独，反而会因为自己在追逐许多人的足迹前行而深感自己得到了许多人的支持，内心涌起感激之情。这既不是孤独，也不是在消解孤独。

和艺术活动相比，这种研究活动更是难上加难。可能会有人觉得自己没有这种才能，就此放弃。那么，接下来我再介绍一些更简单的方法。

做一些徒劳之事

　　做些徒劳之事对处理孤独情绪来说非常有效。这里的徒劳指的就是没什么用处的事，比如慢跑就比较接近这种状态。如果你在慢跑时还想着它对健康有好处，那么它对孤独的效果就会大打折扣。你只需要接受慢跑带来的疲劳、肌肉酸痛等消极影响就够了。说白了，你需要的是一种修炼。你甚至可以每天在院子里用铁锹挖地，但如果顺便种些蔬菜反而会得不偿失。你必须只专注于挖地这一件事，就算需要做出些妥协，最多也就是播撒些种子。如果种植作物，尽量选那些不可食用的；如果种花，就种一些不会开花的。你只需要守候那种朴实无华的成长，越是徒劳就越有效。

　　我为什么选择做这样的傻事呢？问问自己这个重要的问题，感受它的本质。缘何如此？只因人之一生，本就同样徒劳而愚蠢。自然，孤独也是一种徒劳。野草既无可用的果实，又没有美丽的花朵，但它们仍会一岁一枯荣，生生不息。这就是你要观察的过程，每日凝视着杂草做些思考吧。想一想，它们明明什么贡献都没有，却还在消耗着自然界的能量生长着。

也许，就在某一刻，你会从中看到孤独的本质，看到它无以名状的美。愚不可及的事物变得妙趣横生，无聊透顶的东西变得可爱起来。发生这种变化的并不是杂草，而是你的心境。

唯有人类可到达的境界

我介绍了创作、研究、做徒劳之事等接纳或爱上孤独的方法，这些方法有什么共同之处呢？

你可能已经发现了，无论是创作也好，研究也罢，都不是现在就能让人果腹的东西。可以说，这些活动与生存和生活相距甚远。换句话说，这些是"对生物无用的行为"。但实际上，这些活动都不是徒劳的。在物质丰富的社会，创作有着能满足人们精神需求的功能，研究也可能在未来支撑起人类的生活，但它们都具有相同的性质：在当下是可有可无的。现在也有很多人会皱起眉头说"艺术有什么用呢？"或"研究又不能变成钱"，尤其是那些正处于勤勤恳恳工作的年纪、每天忍耐着单调上班赚钱养家的人。他们只会否定这些可有可无的活动，说"我哪有时间可以浪费在这些事上"。对他们来说，这些是货真价实的徒劳活动。

但是，在徒劳之事中发现价值，本质上正是独属于人类的精神。孤独教给我们的就是这样的价值。而这无疑是与贫穷截然相反的东西，只能在丰裕的生活之中寻得。

孤独帮你获得自由

某些独居者或老人在他人视线之外悄无声息地去世的现象，被推崇亲情与友情的媒体命名为"孤独死"。这种情况一定与孤独有关吗？我完全无法理解。

孤独与死亡毫无关联。那些独自去世的死者，在死前可能正在做自己喜欢的事，不该被多事的外人擅自下定"在孤独中悲惨死去"的结论。可能有人会希望自己死前有家人围在身边，但是真到濒死之际，他们可能根本不会有这样的想法了。毕竟在如今的医院，很多人在去世前即便已经失去意识，还能再活好几个小时或好几天。

猫在临死时会跑到无人知晓的地方独自等死，这样做据说是为了隐藏自己的尸骸。这种死亡方式不是相当有格调吗？如果可能的话，我也希望自己能一个人死去。因此，如果"孤独死"这个词有如此孤高的意味，那么我可以接受它，并认为这算得上很多人憧憬的绝妙的死亡方式。我甚至觉得，这才是有尊严的死亡方式。

在当今日本，小型家庭成了主流，孩子一直与父母住在一起的情况也逐渐变得少见了，认为父母不应该一直照顾孩子的群体也在增加。这是很多人都期望的方式，因为它体现了对个人自由的尊重。

因此，无论是谁都会迎来孤独死去的结局，完全没什么可害怕的。而且，人离世以后，本就没什么孤独可言了。对已婚者而言，伴侣可能有一段时间会在身边，但他们终有一天还是会变成孤身一人；或者伴侣就算还活着，可能也已经变得没有意识或头脑不清。所以，无论你是否担心那一天的到来，最终所有人都会进入孤独的状态。

接纳孤独其实也是在迎接自由。如果周围有伙伴，就必须与他们保持某种程度上的步调一致。无论是爱情还是友情，可能都会有快乐的时候，但也确实会对你形成束缚，也就是所谓的"人际纽带"；而这种纽带也是为了防止家畜逃跑而绑在它脚上的绳子。被人类饲养的家畜虽然不孤独，但是也不能自由地去想去的地方。如果它们切断这种纽带，就可以获得孤独与自由。

被纽带束缚着的现代人

害怕和厌恶孤独的人，无一例外都是被这种纽带束缚的人。他们多半会这样想："这个世界并不单纯，必须低下头，默默忍耐，拼命工作，否则会无法活下去。在这种时刻，有伙伴才有今天的我，有家人才有今天的我，我不能一个人生活。"这种想法本身没什么不对，但在我听来，就如同被拴住的家畜一样。

当然，我承认，这种情况在某种程度上确实符合现实，完全摆脱这种纽带也是没有必要的。但是，我希望至少我们的心灵是自由的，我们是为了自己而存在的。朋友和家人给了我们很多支持，我们应该心存感激，但是完全没必要将其作为生活下去的动力。我信奉的人生哲理是，自始至终要为自己的自由而生，否则我们的人生必定充满了怨言，毫无乐趣。

实际上，孤独与自由本质相近的道理，很多人都应该在不知不觉中有所体会。最近，单身一族越来越多了，他们的理由便是"希望一直自由下去"。虽然他们说的不是"希望一直孤独下去"，但其背后的含义却几乎是一致的。稍稍改变一下措辞，给人带来的印象就如此不同，由此可见，"孤独"一词的坏印象多么深入人心。

选择不生育的夫妇也在增加，美化家庭生活的宣传很快就要失去效果了。时代已经变了，那些憧憬着被美化过的虚构描述而结婚的人已经可以轻轻松松地离婚了。而在这个网络时代，来自普通人的信息也能得到广泛传播。在一个资本主义社会，资本家希望民众都拥有家庭，希望孩子的出生率不断提高，因为这样商品的销量才能提升，经济才能繁荣。因此，他们并不会宣传经营家庭和育儿的种种烦恼，只会反复让人们观看那些快乐的场景，不断地告诉大家，这是人生的范本。"孤独"之所以变得令人唯恐避之不及，这些就是主要原因，我在前文中也有过论述。

无意识地寻求孤独

很多人已经开始意识到，那些宣传都是虚假的。近来，我经常看到对不婚者及选择不育的女性增多的原因等社会问题进行调查的新闻报道。他们列举的理由涉及社会福利政策的不足，但是比起过去，社会应该已经在制度层面提供了更为优越的条件，反而正是过去的人们更缺乏社会的支持。所以，社会福利政策应该不是问题所在。

他们找到的其他可能原因还包括：如今的人们不像过去的人生活在大家族中，现在身边没有能帮忙照顾孩子的亲属；托管机构不足；产假和育儿假等制度不够合理。理由花样百出，实际上却影响微弱。在我看来，最重要的原因是，对结婚生子的一生过度美化，称其为"人之幸福"的这种片面的断言已经无法让更多人信服了。更多的人开始希望自己能活得更自由一些，即便孤独一些，也希望按自己喜欢的方式度过这一生。这是一种自然而然的倾向。

从农村来到城市的人们或组建一个小家庭，或独身生活，这些生活方式都逐渐被社会接受。之所以被接受，并不是因为他们身在城市，或时代有所变化，而是因为持有这种观念的人增多了，人心所向罢了。他们并不是因为小家庭不方便育儿才选择不生育，而是因为即使会牺牲掉天伦之乐，也希望过小家庭的自由生活罢了。

这种变化体现了在生活富裕之后，人们的目光就会转向自由；而这种自由很大程度上接近于过去对"孤独"的生活方式的描述。

因此，比起以往，接纳"孤独"变得简单多了，几乎没有了物质上的障碍。尤其在城市中，这种障碍已经完全不存在了。在乡下，还多多少少存在一些强制性的人际交往，还残留着一些不得不遵从的旧俗；但是，它们的消失也不过是时间问题罢了。因为如果这些束缚不消失的话，人口就会逐渐从农村流出。如果想要解决农村人口向城市大量转移的问题，农村就必须接受城市的价值观，即城市的自由度。

说起这些，可能会有人表示不希望这样，希望农村维持原来的状态。但我说的不是愿望，而是我观察到的现状。从情感角度出发，我个人也希望农村继续维持原本的样子。但是我现在讨论的事与好恶无关，我也不评价好坏，我只是在记录我的观察结果：社会在朝大家期望的方向发生变化。

农村还保持着人与人之间的联系，城市似乎是孤独个体的集合；而在城市中，"老社区人情温暖，新建的高级社区人情淡漠"这类故事是大众传媒最为津津乐道的，也许情况确实如此。但是实际上，当人口从农村流入城市，老社区逐渐陷入贫困，如果不将其推倒重建，就无法吸引更多人口流入。现实就是如此，很多时候，很多人期望获取的都是与大众传媒的宣传方向相反的事物。其实，宣传本来就是因为担心销量达不到预期才会做的，是在用某物现在十分畅销的营销手段来招揽客人。宣传不是现实，而是期待。

在心中描绘自由

因此，想要接纳孤独的人，只要听从自己的本心去生活就可以。他们面对的束缚不过是两方面而已：不给他人添麻烦，以及如果有家人，要尽量获得家人的理解。你只需要考虑这些，而完全不用考虑亲戚或邻居怎么想，或你出生、长大的村里的人怎么想这些多余的事情。那些可能只是无谓的担忧罢了。

　　首先，请你想一想，你是不是自己给自己设置了很多束缚呢？同时，我也希望你更多地思考一下，你为什么想获得自由？一旦获得了自由，你想做些什么？而如果不先想清楚这些，你就没法获得自由。因为自由就是朝自己心之所向的目标进发，去实现自己的梦想。如果你已经有了坚定的目标，接下来就不会有任何问题。即使你为自由剪断了某些纽带而让自己变得孤独，那么这也一定是快乐的、美好的孤独。

　　我本想写一些具体的方法，但现在的内容似乎比较抽象，这也是没办法的。毕竟，我就是在讨论孤独这种抽象的问题。我提供的方法也不过是去进行创作，去思考一些别人不会做的事，去关注那些徒劳的事情，等等。不过，最重要的就是去做自己想做的事。我没有这样写，是想避免过于直截了当的表述。害怕孤独、想要与伙伴在一起的人可以保持原样，而那些想要稍微离人群远一些、对自己进行观察的人同样可以保持原样——这种讲人生大道理的解答未免显得不负责任。

找到自己想做的事，需要你一直思考自己到底想做什么。想无所事事地虚度每一天，今天什么都不想干，只想睡觉……这些都不能算是"想做的事"。这些是没有想做的事的状态，对人类而言是比死亡还略逊一筹的糟糕状态，是人生在世最恶劣的状态。有的人之所以会陷入这种"假死状态"，可能正是因为拒绝体会孤独，其人生中除了对孤独的恐惧以外已经一无所有了。

　　请试试独处，与孤独正面相对，思考一下自己究竟是什么样的人，想要什么。如果暂时想不明白，也不用勉强。重要的是今后也要一直问自己这个问题。其实我也没有令自己满意的答案。我每天都在想，我需要变得更加孤独，继续面对它，继续求索。

后　记

在丰裕的物质条件下

社会在随着时代发生变化，人也在随之发生变化。这里出现改变的不是人类的大脑结构，而是在人类出生后输入大脑的数据。

我时常会写文章讨论一下年轻人最近的动向，有些时候可能会稍微有些极端。这是因为大多数时候，不采用极端的论调就无法引起人们的注意。因为我写的并不是教科书，些许夸张是为了获得更生动有趣的效果，我希望我写的这部分内容能被允许存在。但是，我从来没有现在的年轻人不该做什么的想法。也就是说，我基本不会去否定什么现象。相反，我感觉现在的年轻人比起我们那一代或我们之前的那些代，总体上处于更好的环境中，拥有更好的状态，成长得更为苗壮。

即便如此，在越来越发达的社会中，有少数人还是落后了。对这些人，我希望尽我所能去拯救他们；而对那些生活质量算是不错，但心中仍有一丝犹疑与不安的人，我非常想告诉他们，没那么糟糕。

确实，现在的年轻人从小就在前所未有的富足社会中成长，在周围人的爱意与悉心呵护下长大。这完全没有什么可指摘的。虽然时常有人哀叹一个富足的社会反而丧失了一些东西，但正如变得富足是因为"消灭了贫困"一样，我想那不过是一种措辞而已。

因为他们被悉心呵护着，所以当他们进入社会时，周围人的态度看起来似乎就高高在上了。但他们都还年轻，没做出什么成就也是必然的。他们之所以感觉周围人对自己的态度高高在上，是因为在童年没有体验过本该高高在上的成年人的态度。而他们之所以被批评为"不懂察言观色"，是因为从小周围的人就会一味纵容他们，他们不过是在刚刚进入社会时调转了角色而已。父母就应该用高高在上的态度对待孩子，孩子就应该学会看大人的脸色，这才是正确的。如果认为这是陈规旧俗，那么丢弃它也没什么大不了的；只不过被娇惯长大的孩子们进入社会后，依然会上这样的一课。比起过去，现在人们在社会中工作的时间更长了，有的是时间学习和成长。

成人过程的推迟

归根结底，在已经步入老龄化的现代社会里，相对来说，人们普遍不如实际年龄成熟。现在五十多岁的人，从心理年龄上说可能等同于几百年前二十多岁的人。他们的父母还十分硬朗，他们的祖辈甚至可能还在世。而现在二十多岁的年轻人，感觉就像是那时十几岁的少年。在江户时代，人们在那个年纪就已经开始当学徒了。

可以说现代人都处在最好的年华，因为实际上大家都返老还童了。这是件好事。

到了三十岁仍旧孤身一人，可能会让人觉得有些寂寞，但这件事如果发生在一个十二三岁的孩子身上，就显得很正常了。毕竟，十二三岁还是天真烂漫的年纪。我现在已经五十六岁了，最近才终于觉得自己是个成熟的人了。

虽说心理年龄比过去变小是好事，但问题是，就算你还只是个孩子，大量的信息已经从社会灌进了你的大脑。如果屏蔽这些信息，我们可以悠闲地度过更为漫长的一生。但是在信息层面上与世隔绝，在如今的社会中是仅次于在绝食的前提下生存下去的难事了。这是过去与现在的巨大不同。

人口过多

在不见面就无法交流的时代，人们只会和自己能直接交往的对象构成社会。那时每个人必须记住名字的交往对象，可能还不到一百人。但是现在，无论是没有面对面交往过的人，还是已经辞世的人，人们要照顾到各种各样的交往对象，称得上朋友的对象也增加了。即使天各一方，我们也能通过同学会或社交网络维持交往，时刻不停地与人打交道。

我们的体力或脑力和过去的人相比没有太大差距。因此，需要与这么多人打交道会给我们带来巨大的压力，至少对我来说是这样的。我觉得朋友和熟人都少一点儿会比较轻松。要应对的人多了，就不得不减少分配给每个人的时间和精力，使交情变得浅淡，关系也变得淡薄了。这是很自然的发展趋势。

然而，有些人常常说"还是过去好""老城区更有人情味"，质疑着现代人对孤独的追求。老人们就总会不由自主地说出这样的话。我也属于老年人，但我会时时注意，提醒自己不要这样说。

人只能生活在社会中，的确如此。仅仅是活着，就必须感谢社会，尊重他人，做对社会有益的事。这些都是真理，是理所应当的事。我在这本书中也多次写到"在不影响其他人的前提下，尽可能地自由生活"，但是准确说来，道理其实是"只要活着，无论是谁多少都会给别人添些麻烦。因此，要容忍别人给自己造成的麻烦，对自己给别人造成的麻烦，则要相应地做出一些补偿"。这也是理所应当的事。

优质的孤独

我在本书中所写的孤独，指的不是拒绝社会，也不是无视他人。我的前提是，维护在社会中立足所需的最低限度的人际关系，这本来也是无法拒绝的。因此，必须以对社会的贡献和对他人的尊重为前提来构筑自己向往的自由生活。我提倡的"优质的孤独"，也可以说是与社会共生的孤独。

科学技术的发展使得与社会共生的孤独成为可能。在过去，人们是无法想象这种状态的。要想享受孤独，靠普通的打拼是不可能的。反之，在这个信息爆炸的时代，如果不按照追求孤独的方式生活，那么会有越来越多的人无法保护自己。很多人会觉得在人群中生活很无趣，想要拥有属于自己一个人的领地。一股脑接受外来信息是一种令人疲惫的行为方式。我们需要具备自行屏蔽信息的能力，这也是保持孤独的能力。

孤独的潜能更大。从独来独往到与他人互动的过程是比较简单的，只需要协调与周围人的行动。如果暂时对孤独感到厌倦，出门走走就好了。只要稍微聊上几句，对他人笑脸相迎，就立刻能获得人际联系。因为几乎大部分人都希望与他人建立联系，所以一定有人愿意向你伸出手来。

孤独的试验

但是，从与人互动转向孤独却极为困难。我们与他人发展出的牢固的人际纽带是很难斩断的，对方一定会对突如其来的生分感到不适应，而我们自己内心也难免感到不安：独来独往真的没问题吗？还是回到伙伴中去吧。

这种担心是完全没必要的。只要你想靠近他人，就一定会有人对你表现出友好的态度，这是因为社会的整体氛围就是友好的，是反对各种歧视的。在我看来，社会的这种推崇人际联系的氛围已经到令人不适的程度了。

因此，我还是希望你能够试着体验孤独，哪怕只有一次，哪怕只是体验其中的部分内容。如果你觉得孤独不适合自己，可以轻轻松松地回到过去的生活状态。至少，这样的准备练习可以培养你对将来某一天可能迎来的无法避免的孤独的耐受性。

孤独可以使人变温柔

我在大约八年前辞掉了国家公务员的工作，又在那三年后淡出了文坛。虽然现在我还在继续做与写作相关的工作，但是我决定一天只工作一个小时。在这一个小时里，我会阅读与工作相关的信件，写材料，做管理账目等杂务，阅读校样，与编辑进行邮件沟通，只是每天一共就做一个小时。因此，真正执笔写作的时间，一年里只有一百小时左右。

得益于工作减少，我可以不与人接触，实践孤独的生活方式。而我首先感受到的，就是过去的生活压力之大，而今我深切地感受到了压力的消失。我对此前的工作也并非那么厌恶，只是毕竟有责任在，有人情要顾及，本该拒绝的事无法拒绝，与其委托他人来做的事不如自己做，让下属去做事，自己就要做得更多……因为总是少不了这样的感觉，我在不知不觉中背负着过大的压力。从那之中解脱以后，我头痛和肩膀僵硬的老毛病不药而愈，连感冒都不再得了（可能是因为不会再有人传染我了），身体状况也十分好。

过上这种安静的生活后，我才终于理解了他人的想法，开始理解人们为什么会感到愤怒。大家都有自己的想法，都站在各自的立场上。我也逐渐可以理解，人们的价值观各有不同，对事物的感受不同，而且会受到过去的影响，难以做出合理的改变。

我现在感觉，在变得孤独以后，人们是会变得更温柔的。

我们不能直接对年轻人说，你要成为享受孤独的人。年轻人首先必须踏入社会，了解社会。倘若突然一下子就以孤独为目标，那么这样一来既无法谋生，又会受到很多非难。是的，非难是我一直能感受到的旁人的态度。我希望你可以没有焦虑、从容不迫地奔向美好的孤独，向着对自己有利的方向缓缓前进，而不是在条件不允许的情况下轻率行动。那是既危险也欠考虑的。

写在最后

总之，正如我在前文中反复写到的，如果对孤独避之不及，受损失的其实是你自己。对孤独的反感是大错特错的，孤独没有那么糟糕。我希望你转变思想，将其当作值得感谢、有价值的东西。我也希望会有一些人借此放下肩上的包袱；而另一些人，如果某一天你们感到了孤独，我希望你们能稍稍想起我写过的内容。仅此而已。

正如前言中提过的，本书是在幻冬舍的志仪保博先生的建议下，于 2014 年 3 月下旬执笔写就的。从创意和概念的角度说，也许本书并不是我想写的，甚至我的作品中大约有 95% 都不是我想写的；但是，本书即便是出于一些外因而写的，书中的内容也是我自己的大脑思考的成果。这是一种非常有趣的体验。比起写小说，本书的内容写起来要有趣十倍。有多麻烦，就有多有趣。因此，我也想感谢志仪保博先生。

虽然我擅自谈论了关于孤独的一些深奥话题，但我其实也在写作过程中得到了很多人的关照。毕竟，我很没用，体力也差，不怎么擅长生存。我要特别感谢那位始终没有辞掉我妻子这一职位的人，我非常感谢她。我之所以能够任性地享受孤独，她的理解是必不可少的。

最后我还想说一点。

友情也好，爱情也罢，都是自己对他人产生的感情，而不是期望他人给自己恩惠的感情。如果你希望从对方那里获得些什么，那你的感情就不是真挚的友情或爱情，而只不过是臆想罢了。因此，即便是充满友情与爱情的人生，也应该仍然是孤独的一生。故而，大概也可以说，唯有了解孤独的人，才能充分感受友情与爱情的力量吧。

版权登记号：桂图登字 20-2020-171 号

KODOKU NO KACHI

Copyright © MORI Hiroshi, GENTOSHA 2014

Chinese translation rights in simplified characters arranged with GENTOSHA INC.
through Japan UNI Agency, Inc.

本书中文简体版权归属银杏树下（北京）图书有限责任公司。

图书在版编目（CIP）数据

孤独的价值 /（日）森博嗣（MORI Hiroshi）著；
刘森森译 . -- 桂林：漓江出版社，2020.11（2022.1 重印）
ISBN 978-7-5407-8910-7

Ⅰ . ①孤⋯ Ⅱ . ①森⋯ ②刘⋯ Ⅲ . ①散文集－日本
－现代 Ⅳ . ① I313.65

中国版本图书馆 CIP 数据核字 (2020) 第 162666 号

孤独的价值
GUDU DE JIAZHI

[日] 森博嗣 著

刘森森 译

出 版 人　刘迪才
筹划出版　银杏树下　　　　　　出版统筹　吴兴元
责任编辑　杨　静　　　　　　　特约编辑　刘昱含
封面设计　观止堂 _ 未氓　　　　装帧制作　墨白空间

出版发行　漓江出版社有限公司
社　　址　广西桂林市南环路 22 号
邮　　编　541002
发行电话　010-65699511　0773-2583322
传　　真　010-85891290　0773-2582200
邮购热线　0773-2582200
电子信箱　ljcbs@163.com
微信公众号　lijiangpress

印　　制　嘉业印刷（天津）有限公司
开　　本　889 mm×1194 mm　1/32
印　　张　5.25
字　　数　80 千字
版　　次　2020 年 11 月第 1 版
印　　次　2022 年 1 月第 2 次印刷
书　　号　ISBN 978-7-5407-8910-7
定　　价　38.00 元